Pequenas vinganças

Copyright © 2022 by Editora Globo S.A. para a presente edição
Copyright © 2022 by Edney Silvestre

Todos os direitos reservados. Nenhuma parte desta edição pode ser utilizada ou reproduzida — em qualquer meio ou forma, seja mecânico ou eletrônico, fotocópia, gravação etc. — nem apropriada ou estocada em sistema de banco de dados sem a expressa autorização da editora.

Texto fixado conforme as regras do Acordo Ortográfico da Língua Portuguesa
(Decreto Legislativo nº 54, de 1995).

Editora responsável: Amanda Orlando
Assistente editorial: Isis Batista
Revisão: Carolina Rodrigues, Lara Gouvêa e Marcela Ramos
Diagramação: Abreu's System
Capa: Renata Zuchinni
Imagem de capa: Freepik

1ª edição, 2022

CIP-BRASIL. CATALOGAÇÃO NA PUBLICAÇÃO
SINDICATO NACIONAL DOS EDITORES DE LIVROS, RJ

S593p

Silvestre, Edney
    Pequenas vinganças : e outras histórias de amor, fúria, perfídia, obsessão, remorso, inocência, espanto, desejo, adeus e esperança / Edney Silvestre. - 1. ed. - Rio de Janeiro : Globo Livros, 2022.
    160 p. ; 23 cm.

    ISBN 978-65-88016-25-1

    1. Ficção brasileira. I. Título.

22-80477

CDD: 869.3
CDU: 82-3(81)

Gabriela Faray Ferreira Lopes – Bibliotecária – CRB-7/6643

Direitos exclusivos de edição em língua portuguesa para o Brasil adquiridos por Editora Globo S.A.
Rua Marquês de Pombal, 25 — 20230-240 — Rio de Janeiro — RJ
www.globolivros.com.br

Aos mestres

José de Sousa Saramago
e
João Ubaldo Ribeiro,

com gratidão.

"Certamente faltam muitas explicações, seria difícil compreender, mesmo ao cabo de longo tempo."

Carlos Drummond de Andrade
Indicações

"Il m'embrassera… et je serai perdue."

Marguerite Duras
Hiroshima Mon Amour

Sumário

Entretanto 11

Pequenas vinganças 39

Kim Novak na Enfermaria 4 53

Piedad, señor 69

A festa de Vargas 83

Avenida Brasil, Rio de Janeiro, sábado, 10h15 101

Vênus em trânsito 109

Anna 125

Natal em Estocolmo 149

Entretanto

1. O EXECUTOR

Ao final do segundo dia de chuvaradas, com todos os voos mais uma vez cancelados, depois de ir e voltar quatro vezes daqueles confins à merda do hotel no centro de Belo Horizonte, me fiando nas informações de que o aeroporto reabriria e eu poderia embarcar, gastando uma baba de táxi e de novo constatando a impossibilidade de decolagens e pousos debaixo do toró ininterrupto, a cada vez constatando o inchaço de passageiros se entalando pelos corredores e disputando assentos nas salas de espera e lanchonetes, pegando a rabeira de filas cada vez mais longas nos balcões das companhias aéreas à cata de informações e no aguardo dos ônibus e taxis, cada vez mais agastado, me perguntando como aquela merda podia estar acontecendo no aeroporto da capital de Minas Gerais em pleno século XXI, pensei, quer saber de uma coisa, porra, pensei, que se foda, pensei, eu vou alugar a porra de um carro e vou até Brasília por essa porra de estrada, debaixo dessa porra de chuva, e amanhã cedo já estarei lá, pensei, sem depender dessas porras de merdas de companhias aéreas brasileiras vagabundas, nesse aeroporto de merda.

Arrastei minha mala até a primeira locadora de automóveis que encontrei, mas não tinham carros disponíveis, nem na segunda, nem na terceira locadora. É claro que outros filhos da puta tiveram a mesma ideia que eu. Quem era esperto quis sair dali sem depender de porra nenhuma de radares sabotados por greves de aeroviários ou qualquer outra porra de merda que estivesse nos retendo ali desde a noite do domingo. Até que no último balcão de locadora, a recepcionista, uma mulatinha toda gostosinha, apertadinha no uniforme verde e amarelo da companhia nacionalista de carros de aluguel, me informa que todos os veículos tinham sido alugados, exceto um.

Assim me vi dirigindo essa porra dessa merda dessa van de turismo, com capacidade para doze passageiros e espaço para bagagem equivalente, pela porra da BR-040, na madrugada desta terça-feira de merda, com fome, com sede, pois é claro que tinha esquecido de comprar uma lata de cerveja, um guaraná, sanduíche ou pedaço de pizza, pão com linguiça, quibe, procurando alguma porra de alguma merda de posto de gasolina, que caralho de estrada é esta que não tem postos com lojas de conveniência. Não vejo nenhuma placa indicando porra nenhuma e já estou há mais de, sei lá, mais de uma hora e meia, sei lá, talvez umas duas, nessa porra de rodovia Juscelino Kubitschek, essa mania brasileira de dar nome de mortos para estradas.

Não posso me emputecer mais do que estou emputecido.

Ainda falta uma porrada de quilômetros.

Não devo pensar assim.

São apenas setecentos quilômetros, devo pensar.

Em menos de oito horas estarei lá.

Acelero.

Que se foda a velocidade máxima permitida nessa porra dessa estrada. Se houver multa irá para o babaca do dono da carteira de motorista usada para alugar esta merda de van, penso, rindo por dentro. Se é que o corno da CNH que me deram para esta missão realmente existe.

Piso fundo no acelerador. O veículo dispara.

Agora, sim, esse é o jeito que gosto de dirigir.

Mais oito horas nesta porra. Debaixo dessa porra desse temporal, nessa porra dessa estrada interminável com nome de presidente morto, cheio de sede, com o estômago roncando, com essa porra desses raios estourando diante dos meus olhos e me cegando momentaneamente e, opa, opa, caralho! Que porra foi essa, caa-a-raa-a-ra-lho!

Um impacto, um solavanco, as mãos se soltam da direção. A van derrapa. Percebo que deslizo sem controle pelo asfalto molhado, instintivamente piso no freio e logo me arrependo. A van rodopia, inclina-se para o lado do motorista, dá a impressão de estar sobre duas rodas, como se fosse capotar. Eu me dobro para o banco do carona, tentando equilibrar o peso, agarro a direção, giro-a no sentido contrário, vejo tudo girar, em seguida, de novo, em menor velocidade. Novamente viro a direção no sentido contrário, atingindo a embreagem com o pé, me esforçando para engatar uma marcha. Logo um terceiro giro começa, sem se completar, e a van estanca.

A luz de mais um relâmpago mostra que eu parei no meio da pista. O motor continua funcionando. Piso na embreagem, passo a marcha a ré. Coloco o veículo no acostamento. Respiro fundo. Tremo. Não sou de tremer.

Se acalme, se acalme, se acalme, se acalme, porra, sinto as palpitações aceleradas e a respiração curta, puxo o ar para os pulmões, inspirando e expirando ruidosamente uma, duas vezes seguidas até que percebo que me aquietei, basicamente me alivio quando o ruído do motor e do sopro da ventilação do ar-condicionado se torna mais alto que o da palpitação dentro de mim.

Ok, ok, ok, toca em frente.

Coloco a alavanca na primeira marcha, pressiono com alguma cautela o pedal do acelerador. E agora, quantas porras de quilômetros me faltam para chegar àquela merda daquela Brasília? Volto à pista, passo a segunda marcha e vou para a terceira quando um chocalhar metálico na frente do veículo me leva de volta ao acostamento. Reluto brevemente. Não quero sair debaixo do aguaceiro, mas preciso checar o barulho que se arrasta pelo asfalto.

Desço e confirmo o meu palpite: o para-choque despregou do lado esquerdo.

No mesmo lado há um grande afundamento na lataria, junto à porta. Do espelho retrovisor resta a base, quebrada, uns fios expostos como tripas coloridas. Bati em um obstáculo. Um obstáculo alto. Da altura de meu ombro. Um animal? Cavalo, vaca, bezerro? Não. O impacto teria sido maior, as consequências, mais amplas.

Eu me aproximo da mossa. Não dá para ver direito. Algo escorre. Um líquido de cor diferente da chuva, denso, encorpado. A explosão de um raio revela: é um líquido avermelhado. Como o quê? Sangue? Está misturado a nacos de alguma coisa indefinida. Pele?

Cachorro, ave, gato, nunca saberei. Lá para trás, nada. Não há nada na trama obscura de asfalto e céu.

Decido arrancar o para-choque. Puxo e ele sai quase inteiro, rangendo como num gemido, a extremidade do lado oposto ainda presa à carroceria. Puxo mais forte. Nada acontece, só os mesmos gemidos. Eu me apoio com firmeza sobre os pés, puxo de novo, sinto o metal rasgando as palmas das mãos. Caralho. Coloco as mãos sob os faróis e constato que não são cortes fundos. Mas como doem. Chuto o para-choque, pulo sobre o que resta dele. No terceiro salto, o para-choque cede. Eu o pego, arrasto, abro a porta lateral da van e jogo aquela merda lá dentro. Dou a volta e estou entrando na van quando um novo relâmpago ilumina o trecho do asfalto por onde passei e posso ver, nitidamente, a mala caída no centro, bem no centro da rodovia. Uma mala. De tamanho médio ou pequeno.

Mala.

Uma mala.

A lateral da van amassada, o espelho retrovisor destruído, o para-choque deslocado, o líquido gosmento escorrendo na lataria.

E uma mala.

Do tipo antigo, constato a cada relampejar. Com alça. Alça. Uma alça teria de ser segurada por alguém. Uma mala tipo antiga, vou formando a imagem, segurada pela alça por alguém à beira da estrada. Uma pessoa. A pessoa que atingi com a van. A pessoa atingida pela van em alta velocidade segurava uma mala. A mala está bem no meio da pista. A mala de alguém. O que alguém fazia, às onze e meia da noite de uma terça-feira, andando pela pista da rodovia Juscelino Kubitschek, naquele interminável temporal dos infernos, segurando uma mala do tipo antigo e indo em direção a... onde? Não vi nenhuma indicação de cidade próxima, posto, restaurante, quilometragem, nada, absolutamente nada senão a escuridão e a chuva.

E a mala.

Que porra de mala é essa, caralho? Que porra de merda de mala é essa, puta que os pariu!

Resolvo sair da chuva, entrar na van e ir embora dali.

Só que, sabe lá por que caralhos, em vez disso, vou até a mala e me abaixo. Um dos fechos está estourado, o outro abre sem dificuldade.

Não há nenhuma peça de roupa dentro. Só papéis. Está cheia de papéis. Fichas de arquivo com nomes estrangeiros, folhas de documentos com cabeçalho em letras góticas e o que parece ser uma águia de duas cabeças, manuscritos em caligrafia rebuscada, envelopes de cartas com carimbos e selos de algum país que não faço a menor ideia de qual seja, alguns recortes de jornais ou de revistas, sei lá, em uma língua incompreensível, dois passaportes amarelados de um homem e de uma mulher jovens e louros, uma carteira de trabalho antiga de um homem, talvez o mesmo do passaporte, de bigode e olhos muito claros, quase transparentes. É possível identificar qualquer outra coisa naquela escuridão dos infernos.

Pego um dos envelopes. A tinta do nome e do endereço na capa se desmancham com os pingos da chuva. Tiro a carta de dentro. Tem várias páginas. No cabeçalho tem um nome, Meire alguma coisa, ou Meine, ou seria Marie, talvez Mia, logo não é mais nada, nome nenhum, senão um borrão, num pedaço de papel velho se desfazendo na minha mão que dói. Não dói mais tanto, só um pouco, mesmo assim é melhor lavar, passar uma água oxigenada, um desinfetante, um mercúrio-cromo, qualquer coisa para impedir a chance de infeccionar. Alguma coisa à esquerda me atrai. Acho que vi pés, uma perna, parte de um corpo caído no meio do mato alto. O braço parece separado do tronco.

O braço está separado do resto do corpo.

Eu me levanto, corro para a van, entro, bato a porta, passo a marcha, saio. Giro o controlador de temperatura para o modo aquecimento. Desabotoo e me livro da camisa ensopada. Paro no acostamento mais à frente, tiro os sapatos, as meias, as calças, fico apenas de cuecas, que estão menos úmidas. Com o calor, logo a minha roupa vai secar. Perdi a fome. Continuo com sede. Mas não vou parar. Não tenho a menor intenção de parar até chegar.

Brasília é o meu destino.

2. A ENCOMENDA

Amo Brasília. Amo. Amo os grandes espaços abertos, amo os gramados sem cercas nem grades em torno dos prédios, amo essa arquitetura incrível e moderna até hoje, amo a vastidão incrível do céu, amo a secura do ar, amo como as árvores se cobrem de flores das cores mais incríveis, amo as lojinhas simples das superquadras, amo circular pelas cidades-satélites, é um amor, nem sei como definir, sem tamanho, incrível, realmente incrível, me entende?

Não apenas porque nasci aqui, eu amo, não por conta de ser filha de pioneiros que fizeram desta cidade este exemplo para o mundo, essa união de grandiosidade e intimidade como Brasília é hoje. Minha mãe foi realmente uma pioneira, de uma coragem incrível, uma das primeiras funcionárias do Ministério da Fazenda a optar por sair do conforto e da beleza de Copacabana e enfrentar a terra vermelha desta nossa Brasília, quando na verdade nem tinha sido acabada de construir pelo incrível presidente Juscelino Kubitschek. Minha mãe pioneira, pioneiríssima, uma mulher de fibra incrível, capaz de lidar com a falta dos recursos e das comodidades a que estava acostumada no Rio de Janeiro, capaz de trocar seus sapatos de salto agulha por botinas de candango, de trocar o bronzeado na praia pelo sol ardente, assim ela chamava, o sol ardente do Planalto Central, que ela amava, amava, como eu amo, enquanto construía a nossa casa incrível à beira do lago Paranoá. Uma pioneira de fibra, um exemplo para mim. Tudo nessa casa fala de pioneirismo, da incrível dedicação ao Brasil, de patriotismo.

Ela e meu pai, sim, os dois, construíram esta nossa casa, ele também, sim. Sim. Com meu pai. Ele, também.

Na verdade ela era muito independente, mas ele, percebendo o quanto minha mãe era especial, seguiu junto dela, os dois juntos, sim, uma coisa incrível a química, digamos, a química entre a incrível mulher do Rio de Janeiro e ele, um interiorano bem menos sofisticado que ela, mas capaz de reconhecer na minha mãe uma, nem sei como dizer, uma mulher incrível, uma daquelas mulheres como, nem sei explicar, à frente de seu tempo, uma mulher que, na verdade, era ela e ele. Só sei que juntos eles ergueram nossa casa, esta nossa casa, depois faço um tour completo para você ver como meu orgulho por minha mãe é justificado. Por ele também, sim, concordo. Com certeza.

Por ela e por ele, os dois, na verdade sinto orgulho dela e, sem dúvida, dele também, porque nesse tempo da construção desta casa meu pai e minha mãe já se haviam conhecido, se apaixonado, ele um pouco xucro, um pouco mais jovem, sim, bastante mais jovem, a diferença de idade na época era considerada grande, hoje em dia ninguém se incomoda se uma mulher se une a um homem com bem menos idade que ela e, hum... Como? O que você perguntou?

Sim, naquela época a diferença de idade incomodou a família dele, reconheço, tão apegada às tradições. Os pais dele eram menos, como dizer, menos sofisticados, gente que jamais tinha feito uma viagem à Europa, por exemplo, e minha mãe tinha mesmo morado em Paris. Havia uma grande distância, digamos, cultural entre a família do meu pai e tudo o que minha mãe era. Não é segredo para ninguém a incrível oposição que fizeram à minha mãe, não por causa da diferença de idade, exatamente, mas depois agradeceram o que ela, sofisticada e bem relacionada, fez pelo meu pai, herdeiro de terras, mas apenas um recém-formado em agronomia, filho único, criado no meio de gado. Nem o Rio de Janeiro ele conhecia. Só estava acostumado às boiadas das propriedades da família lá pelos lados do sudeste de Goiás. Você está anotando? Estou falando rápido demais... Eu falo rápido demais, não é mesmo?

Ah, sim, percebo, você está gravando. Na verdade, é tão inusitado para mim pensar que um telefone poderia ser também gravador e máquina fotográfica, esses smartphones modernos são incríveis. Imagine, quando eu era criança, apenas uns quarenta anos atrás, aqui, em Brasília, até fazer uma chamada telefônica era complicado. Que idade você tem? Quase podia ser minha filha. Ah, sua irmã? Rá, rá, rá, que gentil, muito obrigada. Nunca fiz plástica, procedimento estético, preenchimento, nada. Na realidade, acredito que herdei os bons genes da família dela, da minha mãe, disso posso me vangloriar. Minha mãe, se tivesse vivido mais, tenho certeza que...

Sim, morreu jovem.

Relativamente jovem.

Um acidente.

Um acidente com arma de fogo.

Sim, arma do meu pai.

Não, não, eles não estavam separados, nem meu pai tinha se amasiado com uma mulher mais jovem, a assessora parlamentar com quem se casou em seguida. Esse tipo de mexerico venenoso foi disseminado pelos inimigos políticos dele depois do falecimento acidental da minha mãe. Brasília e seus boatos perniciosos. Sempre houve, sempre haverá. Está gravando, ainda? Prefiro que esse assunto fique fora da reportagem.

O fotógrafo virá daqui a pouco, você disse? Poxa, eu pensei que ele só viria na parte da tarde, nem me preparei para as fotos, eu nem me vesti direito, peguei a primeira roupa que encontrei e... Obrigada.

Sim, é uma blusa da Versace, você tem bom olho, é antiga, de corte bem clássico, sóbria, exceto pelo estampado, realmente. Versace é Versace, sempre. Comprei aqui mesmo, em Brasília, ou durante uma viagem a Miami, nem me lembro, é uma blusa tão antiga. A morte da minha mãe? Vamos deixar esse tópico de lado, isso não tem nada a ver com minha candidatura ao governo do Distrito Federal. Como eu disse, o falecimento súbito dela foi difícil para mim, eu ainda era muito criança, meu pai sempre entre o Congresso e as fazendas, então não tive um exemplo, não havia uma figura feminina em quem me espelhar.

Na realidade, ela não era feminina nesse sentido, de mulher frágil daquela época, de *tailleur* e cabelo de laquê. Possuía muito tino para negócios. Muito tino. Muito mesmo. Bem mais que meu pai. Foi dela a ideia, minha mãe foi uma visionária incrível, foi ela quem percebeu que seria um bom negócio comprar terrenos na periferia de Brasília. Fora dos limites do Plano Piloto, fora das restrições do Plano Piloto, além, onde nós construímos tantos condomínios diferenciados, todos os bairros planejados, todos os edifícios de vinte e trinta andares, proibidos no Plano Piloto, procurados hoje em dia por quem quer morar bem, com segurança vinte e quatro horas, piscina, áreas de lazer, quadras de esportes, paisagem a perder de vista de suas varandas, sem as limitações da capital, ao mesmo tempo, com acesso rápido a Brasília. Minha mãe sabia que a cidade inventada por JK não ficaria contida no Plano Piloto.

Não que ela tivesse informação privilegiada, não, nada disso, era *feeling*, entendeu? Realmente um tino para os negócios. Incrível.

Nosso bem-estar hoje, os fundos para bancar as campanhas políticas do meu pai, o jatinho dele, as pensões para as duas ex-esposas, até mesmo o financiamento dos anúncios e comerciais do movimento DSI — Democracia Sem Ideologia, liderado por mim, razão da nossa entrevista aqui em casa, a nossa prosperidade, vamos chamar assim, na realidade, começou com ela, veio dela. Da minha mãe.

Do meu pai vieram os primeiros recursos para investir na compra desses terrenos, sem dúvida. Sem dúvida. Sim. Mas a multiplicação desses recursos? Deveu-se a ela. Sagacidade dela. Incrível. Nos anos 1970, especialmente, minha mãe introduziu meu pai ao círculo de militares de alta patente. Do círculo do pai dela. Sim, era general, o meu avô, pai da minha mãe. Ela foi incrível com os amigos do meu avô. Fez deles sócios minoritários da incorporadora, nos empreendimentos imobiliários. Minha mãe abriu muitas portas para meu pai. Muitas portas. Uma pioneira e uma visionária que...

Sim, os recursos também vieram da pecuária, das boas safras de soja e milho das propriedades da família do meu pai, concordo, mas foi ela, foi minha mãe que... Pena eu não ter tido tempo para conhecê-la melhor. A nova mulher do meu pai, minha primeira madrasta, até ela falava bem da minha mãe. A segunda mulher também, a filha do governador de São Paulo, a que morreu no acidente de helicóptero. Essa atual, essa que era Rainha da Soja quando se conheceram em uma feira de agronegócios, e é bem mais nova que eu, essa do interior do Paraná, essa eu mal conheci no dia do casamento deles. Achei simpática, alta, uma graça. O filhinho deles também é uma graça. Meu pai finalmente teve um filho homem. O herdeiro de seu nome. Como sempre quis, sempre sonhou. Sim, eu também ouvi esses boatos maldosos de que meu pai estaria transferindo propriedades para a criança. E para a mãe da criança. Meu irmãozinho, o Júnior. Prefiro ignorar esse disse me disse. Brasília e seus mexericos perniciosos. Sempre houve, sempre haverá. Incrível.

Que horas são? Já? Não, não, não estou com pressa, nenhuma pressa. Havíamos combinado a entrevista com o editor do seu jornal neste horário e... Tudo bem, está tudo bem sim, claro. Tensa? Pareço um pouco tensa? Você acha? Hum. Hã. Você é mesmo boa observadora. Nada sério. Na verdade, é que... Minha cachorrinha. Na verdade, minha cachorrinha está com problemas. Internada. Está no veterinário, internada, com uma infecção. Qual infecção? Qual? Ainda estão investigando. É. Mas vai ficar boa, tenho certeza que vai ficar boa, se Deus quiser.

Onde estávamos mesmo? Ah, sim, Brasília, nos anos 1970.

Uma época linda. O país progredia. Meu pai era parte desse despertar da nação. Um grande homem, um patriota, um político admirável, deputado federal, depois senador, sempre com belos projetos para o Brasil Grande, com o apoio e a orientação de minha mãe, a ascensão dele foi meteórica e sólida, depois foi nomeado governador, o melhor governador que o estado de Goiás já teve, tanto que voltou a se tornar governador eleito por voto direto, um aliado leal do presidente Médici e, mais tarde, do presidente Figueiredo, os dois eram assim, unha e carne, amicíssimos. Tanto o Figueiredo quanto o Médici tratavam meu pai como um filho, uma coisa incrível. Ele foi ministro duas vezes, primeiro com o Médici, depois com o Figueiredo, só não esteve entre os ministros do Ernesto Geisel porque não tinham afinidades, como você deve ter visto em sua pesquisa. Meu pai foi ministro de duas pastas diferentes, o mais eficiente ministro das... Um momento. A empregada está fazendo sinal ali da porta. Ela tem ordem para não interromper quando as portas aqui da biblioteca estão fechadas, a não ser se o assunto for importantíssimo. Um momento. Volto já. Com licença. Vou mandar trazerem mais um cafezinho. E mais umas trufas de chocolate. Já volto.

Nem dois minutos depois, furiosa, saía pelo portão dos fundos, pisando com incômodo pelos saltos altíssimos sobre o gramado fofo em torno da casa, encaminhando-se para o carro preto longo, com chapa oficial. Fez sinal e o passageiro do banco de trás desceu o vidro elétrico coberto de filme escuro. Ele se desculpou por não ter telefonado nem passado mensagem por, obviamente, temor de grampo ou escuta, e foi breve. O mais breve possível na elucidação do atraso nas tarefas encomendadas para aquela manhã.

Ela se continha, apesar da ira. Estava havia mais de hora e meia engabelando a repórter, mostrando-se acessível, serena, colaboradora, quase amiga, enquanto aguardava que a copeira irrompesse biblioteca adentro, trazendo o telefone sem fio e a terrível notícia que ela ouviria no início impassível, mas que logo a faria tremer, sentar-se como se fosse desmaiar, balbuciar perguntas, algumas desconexas, em voz trêmula, morder levemente o lábio inferior, levar a mão livre ao peito, como se lhe faltasse ar, pedir água com açúcar, encher os olhos de lágrimas, se conseguisse chegar a tanto, antes de colocar o telefone no colo, sem desligar, e murmurar: "Ah, meu Deus, que notícia horrível". Talvez repetisse "horrível" uma ou duas vezes. A repórter testemunharia seu choque. A repórter ligaria para a redação com o furo. Da redação, entrariam em contato com seu pai no Senado, ao mesmo tempo em que estariam despachando uma equipe para o local onde o ataque teria ocorrido. Quando encontrassem os corpos, ela se ofereceria para fazer o reconhecimento, resguardando o pai desse incomensurável sofrimento.

As fotos dela saindo do morgue, sobriamente elegante e triste, inteiramente de preto, apertando entre os dedos um lenço molhado de lágrimas, nervosa, mas contidamente, estariam nas capas de todos os jornais e revistas, no alto dos sites, nas reportagens de todos os noticiários, de todos os canais de televisão, todos, mesmo aqueles que vinham acusando-a e ao pai de corrupção e tráfico de influência. Uma tragédia daquela magnitude se traduziria em empatia popular e avalanche de votos. Possivelmente seria a governadora mais votada naquelas eleições. A vitoriosa criadora e líder inconteste do DSI, um partido sem os vícios da velha política, aberto à adesão de todos que ambicionassem tirar o Brasil do populismo paternalista, de volta à prosperidade e grandeza dos anos 1970.

A engrenagem minuciosamente esquematizada estava em giro desde domingo.

Por que não se completara naquela manhã de quarta-feira?

O mensageiro no banco de trás do carro oficial fez menção de sair para tentar explicar melhor o fiasco, mas ela o impediu com um curto sinal de mão. Ele engoliu em seco, sentindo-se pior e mais incompetente a cada frase, embora não fosse culpado por nada do que ocorrera.

O executor trazido do Recife, ele começou e foi imediatamente corrigido: a encomenda. Referia-se ao executor como a encomenda trazida do Recife.

Ele recomeçou.

A encomenda trazida de Recife ficou retido, isto é, retida, em Belo Horizonte, por conta de chuvas torrenciais que fecharam o aeroporto de Confins por dias seguidos. Lá lhe foi dada nova identidade, conforme determinado, porém teve de vir de van, sim, uma van, para Brasília, porque o aeroporto de Confins estava, como ele havia dito, e continuava fechado para pousos e decolagens. Na BR-040 o Executor, a Encomenda, teve um pequeno acidente, sobre o qual falaria em seguida, e acabou sendo parado pela Polícia Rodoviária Federal por trafegar com um veículo sem os para-choques nem o retrovisor do lado esquerdo, que apresentava afundamento na carroceria e onde a PRF constatou marcas de sangue. A Encomenda foi para Brasília numa van de turismo de doze passageiros, em vez de um carro comum. Vans de turismo são muito visadas pela Polícia Rodoviária e, não, ele não sabia a razão de a Encomenda ter preferido uma van de turismo em lugar de um sedan menos conspícuo. A Encomenda dirigia pelado e descalço. Não totalmente pelado. De cuecas. Não, não estava drogado. O fator complicador, porém, foi outro, ele contou.

Dentro da van encontraram o para-choque, amassado e com sinais inequívocos de pele ou restos animais ou humanos, ainda estão analisando. O Executor, isto é, a Encomenda estava com as mãos feridas, tinha rasgos semelhantes a cortes de lâmina, faca, canivete, arma branca, em suma. Como os de quem se envolveu, exatamente, em luta corporal com arma branca. A Encomenda negou, afirmou que se ferira ao tentar retirar o para-choque, pendurado apenas de um lado após a colisão e que se arrastava no asfalto.

A Encomenda pernambucana continuava detida. Evidentemente poderiam tirá-lo de lá, tinham gente na Polícia Rodoviária Federal. Ou, quem sabe, dar um sumiço nele na prisão, ou antes, na transferência, baleado em ato de resistência ao tomar a arma de algum policial etc. e tal. Isso de apagar a existência desse Executor, dessa Encomenda, não era problema, mas a tarefa daquela manhã teve de ser abortada por ausência de quem cometesse a... A tarefa. O herdeiro do pai da futura governadora e a mãe dele continuavam vivos.

Ele se comprometeu a armar uma nova data e novas circunstâncias para a tentativa de sequestro, com troca de tiros entre o segurança e o Executor, isto é, a Encomenda, em que a mulher do pai da futura governadora e seu irmãozinho fossem baleados e mortos. Pediu desculpas. Ela e o menino já deviam estar chegando à fazenda em São João da Aliança por aquela hora. O motorista deles, devidamente remunerado para não reagir ao sequestro, não poderia ser o mesmo da próxima vez. Mandariam esse chofer de volta para o interior do Piauí, com um bom cargo público na prefeitura da cidade dele.

Trocariam a Encomenda.

Ele tinha uma boa opção, a futura governadora iria gostar. Atuava na área em Manaus, já fizera trabalhos para ele em São Bernardo do Campo e Sobral. Não tinha como despertar suspeita. Era uma mulher. Trabalhava como babá.

3. Os irmãos

Nunca ninguém os ouviu falar, nem ele, nem ela, os irmãos esgalês. Viviam em alguma biboca, longe, mas não muito, pelos arredores de uma antiga plantação de café desativada havia tanto tempo que nenhum morador da cidadezinha se lembrava dela, nem conhecera o casarão da Fazenda Nogueira, desabado após décadas de abandono pelos herdeiros empobrecidos, a madeira da estrutura e as telhas feitas na olaria dali mesmo vendidas para construções a arremedar o estilo colonial brasileiro.

Pode ser que a família dos irmãos esgalês tenha sido de colonos da fazenda, talvez suas tetravós tenham estado entre as levas de imigrantes italianos de olhos azuis e louros austríacos, como a imperatriz do Brasil, aparentada com os mandantes daqueles países europeus, trazidos para embranquecer a parda população e substituir os escravos libertados, dispersos após a Lei Áurea. A maioria dos europeus acabou abandonando aquela área, findos seus contratos de trabalho, firmados em Palermo e Viena. Houve quem tenha sido obrigado a fugir dos patrões fazendeiros, indo se estabelecer no Rio de Janeiro e em São Paulo. Essa família esgalês permaneceu. Só essa. E nunca se misturou com o povo da cidade, minguada desde a construção de uma nova capital ali perto, depois de o país se tornar república, num vale junto à Serra do Curral, atraindo boa parte dos moradores. Chamaram-na de Belo Horizonte.

Fosse qual fosse a origem de seus antepassados, isolados ficaram e isolados continuaram. Se era apenas uma família ou mais de uma, nas raras vezes em que se ocupavam dela como assunto, ou delas, se várias fossem, encontravam maneiras de sugerir que casavam-se entre si, ou ainda que se acasalavam entre si, sem bênção da Igreja, primos com primas, irmãos com irmãs, tio viúvo com sobrinha, resultando dessas uniões uma prole de características peculiares, todos de pele muito pálida, cabelos cor de palha e olhos azuis, gente mirrada, de baixa estatura e limitada compreensão do que lhes era dito ou comandado.

Cultivavam seu pequeno pedaço de terra, onde plantavam cebola, milho, feijão, inhame e mandioca, além de tomate, alface, bertalha e couve, produtos vez por outra levados em sacos para a cidade e vendidos silenciosamente em pilhas nas calçadas, o preço indicado por sinais de dedos, quando não eram comprados antes por espertos donos de armazéns, em troca de fumo de rolo, panelas, querosene, chita ou qualquer das coisas que não tinham como produzir.

Alimentavam-se do que tinham na horta. Por perto ciscavam patos, frangos, galinhas poedeiras, gansos vez ou outra. No chiqueiro, um tanto mais para dentro do terreno, próximo da mata, cevavam uma porca ou mais, os filhotes comercializados para quem apreciava carne de leitoa, menos um dos machos, preservado para emprenhar a mãe no período certo. Esse era o que depois forneceria a banha de cozinhar e as partes para dar gosto e consistência ao feijão colhido ali mesmo, depois de vendidas suas carnes melhores de porta em porta, ainda frescas.

Vez por outra chegavam às ruas calçadas de paralelepípedos, curvados pelas carnes dos porcos carregados em sacos de estopa, a mãe e o casal de filhos esgalences, quando a mãe ainda vinha à cidade, ou por pesados sacos de lenha, vendida para a padaria, a torrefação de café e a fábrica de goiabada. De algum momento em diante, qualquer que tenha sido esse momento, o filho e a filha passaram a vir só eles.

Ninguém conhecia seus nomes ou sobrenomes, nem se interessava em saber. Porque tinham olhos e peles muito claros, quando queriam chamá-los os cidadãos simplesmente gritavam "Ei, galego!", tal como foram inicialmente referidos por ali os primeiros imigrantes louros naquela terra de morenos, vindos da Galícia Espanhola e do norte de Portugal. Depois, os branquelos viraram "os galegos", na pronúncia arrepiada dos interioranos, acabando por chegar a "esgalê", até mais ninguém se lembrar das verdadeiras origens dos esgalês.

Da mãe, também calada, ou muda, já não havia quem se lembrasse, e sua ausência intensificou o comportamento esquivo do casal de irmãos. Passaram a caminhar mais apressadamente ainda, em seus passinhos de pernas curtas, muito junto aos muros e paredes das casas, de cabeça baixa sempre, sem olhar a ninguém nos olhos nunca, como filhotes amedrontados de cadelas vira-latas. Continuavam vendendo os legumes e as carnes de sua horta e de seu quintal a quem os chamasse, quase sempre diminuídos sob o peso dos sacos, exceto quando traziam apenas ovos, inclusive os grandes, de patos, e uns maiores ainda, poucas vezes, de ganso. Não mais vestiam roupas limpas e passadas, como quando vinham com a mãe, quando era viva, ou estava por perto. Uns trapos que eram sempre os mesmos. Os pés, descalços, agora estavam sempre sujos. Poderiam ser confundidos com mendigos se não estivessem a comerciar.

Já, então, não eram mais chamados de esgalês pelas crianças.

Não eram, realmente, chamados.

Eram escorraçados.

Crianças, como bichos, percebem o medo. Sentem. Olfato, instinto, irracionalidade, seja qual for a origem, detona nelas um impulso de ataque. E como é bom atacar presas indefesas. Como os irmãos esgalês. Não reagiam. Não tinham como. Nem sequer tinham voz para gritar e xingar de volta quando berravam para eles: "Passa! Passa!".

Alguns pais admoestavam os filhos, dizendo-lhes sem convicção: "Isso não se faz". Mas a eles, também, divertia ver o pavor e assistir à fuga dos mudos, em pânico. Como diverte observar um gatinho brincando com o camundongo sem matá-lo, apenas jogando-o de uma patinha à outra, pegando o roedor pelo rabo e girando, mordiscando sua caça sem afundar as presas, um joguinho inconsequente, inocente.

Uns meninos mais audaciosos lhes tomavam os ovos, só para quebrá-los nos paralelepípedos diante de seus olhares suplicantes ou jogar neles, enquanto os irmãos fugiam. Não era crueldade, os pais acreditavam, eram brincadeiras, seus filhos eram boas crianças, os meninos e meninas da cidade. Não eram maus, como os bichos tampouco são maus. Era instinto. Era natural. E divertia os pais, igualmente. Gatinhos e camundongos. Coisas da vida. Coisas do mundo.

Os irmãos dormiam juntos, no mesmo colchão de crina, isso tampouco os citadinos sabiam. Sempre dormiram, desde pequeninos, e continuaram, conforme cresciam. Assim, uma noite, descobriram o conforto e o prazer nas reentrâncias do corpo do outro e isso lhes trouxe grande alívio, repetidos noite após noite naquele inverno e nas estações que se seguiram, no duplo silêncio e respirações ofegantes. Se a mãe tomou conhecimento, quando ainda viva, nunca os separou. Mais e mais, conforme o tempo passava, irmão e irmã juntos capinavam, semeavam, regavam, limpavam, colhiam, cozinhavam, comiam, bebiam, cada vez mais próximos, a cada dia mais parecidos um com o outro.

O boato de que escondiam um tesouro primeiro foi motivo de chacota, lembrado e repetido entre risadas a cada vez que os maltrapilhos irmãos Passa-Passa, como então já eram chamados, vinham à cidade.

Sabe-se lá quanto tempo depois, a anedota deixou de ser referida em voz alta como pilhéria, transformando-se numa espécie de segredo partilhado aos cicios, acabando por ganhar o silêncio que encapsula inconfidências antigas e envergonhadas de famílias decentes.

Os irmãos Passa-Passa tinham um tesouro guardado bem escondido dentro de casa, sussurravam.

Os dias em que não apareciam na cidade eram os dias em que iam a um centro maior, onde vendiam algum dos objetos valiosos trazidos da Europa, murmuravam.

Sua penúria era um disfarce, confidenciavam.

Um segredo assim precioso acaba por vazar além dos limites do lugarejo onde brotou. Onde o perigo para os irmãos esgalês eram apenas as picuinhas, varetadinhas, chutezinhos, xingamentozinhos, cusparadazinhas, ovinhos quebrados pelas crianças inocentes como os bichos.

Os dois homens, os invasores, vieram de um povoado próximo.

O velho, ou assim levavam a crer os ralos cabelos brancos e fios da barba por fazer, levava um facão enrolado numa toalha. O mais novo, a espingarda de suas caças a pacas e capivaras ainda errantes pelas sobras das matas.

Aproveitaram uma tarde em que os irmãos haviam saído para a cidade. Ficariam até escurecer, como toda terça e sábado, os invasores sabiam, vendendo seus legumes ou trocando-os por sortimentos, e isso lhes daria tempo suficiente para encontrar o baú onde os abobalhados escondiam os tais bens valiosos, fossem lá o que fossem. Não contavam com a chuva, mas era até melhor, não haveria outros carros pelas cercanias, ninguém gostaria de arriscar atolar nos lamaçais em que se transformavam os caminhos para além da rodovia asfaltada.

Estacionaram o Fusca não muito distante dela, já na estrada de terra serpenteante entre o riacho e os morros pelados, roídos pelos extintos cafezais, até as ruínas do casarão da fazenda, próximas das quais os canteiros de alface, mandioca, couve e tomate estavam dispostos em fileiras disciplinadas como batalhões de soldados do imperador a que seus antepassados vieram servir. Havia um poço mais adiante, com um balde ao lado, amarrado a uma corda grossa, suja de graxa. Mais à frente, ainda, sob uma coberta de sapé, um amontoado de galhos secos, um machado com cabo de madeira, achas cortadas cuidadosamente empilhadas, fardos de palha de milho.

Aproximaram-se da casa, o facão descoberto, a espingarda na mão.

Era pouco mais que um barraco de sopapo e caiação encardida, as janelas e porta fechadas, porém sem trinco. Espantaram algumas galinhas-d'angola rodeadas de pintinhos e estavam próximos da porta quando ouviram grasnados e viram um ganso avançando contra eles. O jovem levou a arma ao ombro e apontou, mas teve tempo apenas de ver a cabeça da ave voar para longe do corpo, decepada pela ação incontinente do homem com quem planejara a ação. Riram. Nem mesmo um cão de guarda aqueles dois irmãos abobalhados conseguiam ter.

Empurraram a porta, entraram.

Era para ser uma ação rápida, confiavam. Encontrar o baú, levá-lo para o Fusca, vender as joias, ou o que fosse, na capital ou em alguma cidade maior longe dali.

Mas o baú não estava à vista em nenhum lugar.

Onde o teriam escondido? Quem sabe o mantinham enterrado?

Dentro do barraco de chão batido não havia sinal de escavação, recente ou antiga. Do lado de fora, qual seria o lugar menos provável para um intruso achar o tesouro?

Saíram. Olharam em volta. Havia duas construções cobertas. Uma nem tinha porta, era apenas um cercado de três lados com um buraco no chão, cheia de cocô e mijo, a latrina usada pelos irmãos. A outra, mais para os lados de um dos morros, formava um retângulo. Ouviram grunhidos vindos dali. Caminharam sob a chuva, agora mais pesada, até o tosco cercado de bambu, arame e pedaços de madeira que formavam o chiqueiro. Uma porca amamentava leitõezinhos, chafurdados no próprio esterco. Esconderiam ali o tesouro, debaixo de tanta merda? Tendo de desenterrar sempre que quisessem vender algum anel, colar, alguma pedra preciosa? Era o lugar menos suspeito, o menos provável, não era? O melhor esconderijo, portanto.

"Vamos cavar", comandou o velho, sem se mexer. Aguardava que o companheiro fizesse o trabalho braçal: era jovem e até ali concordara com os planos e seguira suas orientações mais experientes.

O outro relutava em entrar na pocilga. O velho insistiu, indicando a enxada encostada num mourão. Resmungando, o jovem foi até ela, pegou-a, subiu no cercado. Estancou. Toda aquela bosta o nauseava. Veio-lhe uma contração na boca do estômago, vomitou. A visão dos restos de seu almoço e da merda dos porcos enojou-o ainda mais.

E se entrasse naquele mar de esterco, perguntou, cavasse e nada encontrassem? Não era melhor esperar os mudos e obrigá-los a mostrar onde escondiam as joias antigas? O velho não queria perder tempo, muito menos ser reconhecido pelos dois irmãos se depois fossem dar parte do roubo à polícia. Agora é tarde, respondeu-lhe o jovem comparsa, apontando para a trilha que levava à cidade.

Os dois irmãos haviam surgido nela, trôpegos da carga dos sacos às costas e dos passos sobre o barro escorregadio. Percorriam o caminho com familiaridade e alheamento, como animalejos impedidos de se abrigar da chuva até completarem a tarefa ditada pelo instinto.

Entraram na casa. Depositaram os sacos sobre caixotes acima do chão de terra batida, ao lado de uma bilha alta cheia d'água. Acenderam uma lamparina. Cada um sentou-se para lavar os pés.

Foi aí que os invasores entraram.

Um empunhava o facão, o outro apontava a espingarda. Gritavam. Perguntavam onde estavam escondendo alguma coisa que os irmãos não compreenderam. Gritavam e se aproximavam. O da espingarda empurrou o cano da arma no peito do irmão. O do facão aproximou-o do pescoço da irmã. Continuavam berrando as mesmas palavras. Xingavam. O do facão pegou os cabelos da irmã e os puxou, curvando sua cabeça para trás, a lâmina ainda mais próxima da jugular.

O irmão viu, começou a se erguer, levou um sopapo, caiu. A irmã se levantou para acudir. O velho tentou segurá-la, ela se desvencilhou, ele conseguiu pegá-la pelo vestido, ela se debateu, a parte de cima da roupa rasgou-se, expondo um de seus pequenos seios. Ela soltou um balido, lançando um olhar súplice ao irmão, que tentou alçar-se, mas levou um chute nas costelas e rolou até perto da porta. Mal se ergueu, disparou para fora. Sumiu na escuridão.

O velho do facão olhava o seio que a menina tentava cobrir. O jovem da espingarda olhava o seio que a menina tentava cobrir. Os dois se chegaram a ela. Cada um segurou-a por um braço e foram arrastando-a para o catre do lado oposto ao fogão de lenha e a deitaram ali. O velho abriu as pernas da menina com as próprias pernas. O jovem colocou o joelho sobre o tronco dela, que tentava se debater, mas sem ar gemia cada vez mais debilmente. O velho baixou as calças.

Foi nesse momento que o machado entrou em suas costas, abrindo um rombo. O jovem, estupefato, teve tempo apenas de ver o irmão arrancar o machado de dentro do velho e erguê-lo em direção à sua cabeça. Desviou-se, ao mesmo tempo que apontava a espingarda. O machado atingiu seu ombro esquerdo, rasgando-o fundo até o osso, enquanto disparava. O irmão estancou, com o impacto do chumbo no peito. Deixou o machado cair das mãos. Tombou para a frente. A irmã calou-se por um breve instante. Em seguida, ganiu alto e pulou sobre o jovem armado. Ele a socou, tentando livrar-se de seus golpes, ela agarrou-o pelas orelhas, ele continuou golpeando seus rins, os dois caíram sobre o irmão ensanguentado. Deve tê-la acertado porque a menina se aquietou. E assim ficou.

O rapaz apoiou-se sobre os joelhos e a mão direita, tonto, confuso, tomado pela dor e o espanto, querendo levantar-se, quando viu o objeto embaixo do catre. Uma mala. Uma mala de couro.

A mala.

Tinha descoberto o que vieram procurar.

A mala.

Puxou-a.

Tentou abrir os velhos fechos enferrujados. Não conseguiu.

A irmã choramingou, de olhos fechados, mexendo-se como uma sonâmbula prestes a sair do transe.

O rapaz pegou a mala pela alça e saiu correndo da casa.

Foda-se o velho, foda-se a espingarda, foda-se a dor no ombro, foda-se o sangue do corte, foda-se o temporal, foda-se a lama, fodam-se os escorregões, fodam-se os tombos, fodam-se os trovões, que se foda tudo, ele tinha a mala, ele encontrara a mala, sabia que o Fusca estava ali por perto em algum lugar, oculto dentro de um bambuzal. Os relâmpagos acabariam por iluminar a vereda. Abriria a mala das joias dos irmãos mudos em algum lugar seguro. O melhor era seguir pelo acostamento da rodovia, dali veria o atalho, tinha quase certeza que tinham estacionado o carro logo depois dessa curva fechada e.

E.

Um impacto.

O último som que ouviu foi o barulho de metal sendo amassado.

Dentro dele, todos os sons pararam.

Costelas perfuraram pulmões, artérias romperam, o fêmur e a bacia se partiram, o coração estourou. Nada, nada, nada, não ouviu mais nada.

Tudo sumiu.

No meio da pista de asfalto molhado, o veículo finalmente parou de girar após o impacto e ficou ali por um tempo, curto, antes de a pessoa que dirigia a van dar uma ré e estacionar no acostamento. Após outro curto tempo, o motorista abriu a porta, desceu, foi à frente do veículo. Não parecia se incomodar com o aguaceiro. Alguns minutos depois, arrancava o para-choque e o jogava dentro da van, contornava-a e ia entrar quando um relâmpago iluminou os contornos de um objeto bem no centro da rodovia Juscelino Kubitschek.

Era uma mala. De tamanho médio ou pequeno. Do tipo antiga, ia constatando a cada relâmpago. Com alça.

O motorista da van preta de turismo permaneceu imóvel sob a chuva. Fez um movimento para entrar, mas, em vez disso, caminhou até a mala, abaixou-se. Um dos fechos estava rompido, o outro abriu sem dificuldade.

Não havia nenhuma peça de roupa dentro. Só papéis. Estava cheia de papéis. Fichas de arquivo com nomes estrangeiros, folhas de documentos estrangeiros com cabeçalho em letras góticas e o que parecia ser uma águia com duas cabeças, manuscritos em caligrafia rebuscada e palavras estrangeiras, envelopes de cartas com carimbos em selos estrangeiros, alguns recortes de jornais ou de revistas estrangeiros, dois passaportes amarelados de um homem e de uma mulher jovens e louros, uma carteira de trabalho de um homem, talvez o mesmo, mas de bigode e olhos que pareciam transparentes, tudo escrito em estrangeiro, nada possível de ser identificado com nitidez na escuridão.

Pegou um dos envelopes, a tinta do nome e o endereço na capa borravam sob os pingos de chuva. Tirou a carta de dentro. Tinha várias páginas. Achou que via um cabeçalho iniciado por *Meine geliebte Mutter*, ou Meire, ou seria Maria, talvez Mia, logo não era nada, mais nada, nome nenhum, senão um borrão num pedaço de papel velho que se desfazia em sua mão que tinha pequenos cortes na palma, doía, e o motorista cogitava como evitar uma infecção quando seus olhos se desviaram para a esquerda e achou que tinha visto pés, uma perna, uma parte de um corpo caído em meio ao mato alto. E um braço. Solto. Decepado.

Levantou-se, correu para a van e saiu em disparada, deixando a mala e seus papéis se desmanchando sob a tempestade de verão.

Rumava em direção a Brasília.

Pequenas vinganças

Dona Carmen acorda, abre os olhos e vê, além das amplas janelas sem cortinas do décimo segundo andar, os primeiros acenos dourados e púrpura da manhã por trás da Pedra do Arpoador. Está no topo do prédio mais alto da carreira de edifícios de inequívoca suntuosidade em frente ao mar do Leblon, vários erguidos por seu marido, nenhum em área tão ampla como o reservado para a própria família, depois de anos de batalha judicial com os herdeiros do casarão pioneiro no areal do longínquo bairro da então Capital Federal.

As vidraças antirruído do edifício Velásquez impedem a passagem de sons externos, mas dona Carmen lembra, de tão bem conhecer, o farfalhar das ondas se espalhando pela areia, o vago zumbido dos poucos automóveis a rodar nas pistas da avenida litorânea àquela hora, o sussurro da brisa matutina de outro magnífico dia de outono no Rio de Janeiro.

É sempre um alívio acordar. Deus lhe deu mais uma noite de perdão, ela pensa. Mais um dia para se redimir.

Pouco adianta.

Só se redime quem se arrepende. Ela, não. Nem um pouco. Talvez por isso Ele a poupe. Dando-lhe chances. Uma atrás da outra. Deus ama os pecadores. Deus entende os pecadores.

Sou feliz, ela pensa, fechando os olhos e puxando até o pescoço os lençóis de algodão egípcio cor de casca de ovo.

Mereço ser feliz, ela se disse, naquela época.

Nada do que fiz me impediu de ser feliz, ela se diz agora.

Mesmo vivendo ali.

Nunca gostou daquele lugar, e essa talvez seja a única punição divina clara, permanente e inexorável, desde quando se mudaram de sua amada Copacabana, de tantas e divertidas lembranças, para aquele bairro de novos ricos brotados nos governos militares e suas obras monumentais, mesmo fingindo que Carlos Heitor não tivesse igualmente prosperado ilimitadamente associando-se a empreiteiras que abriam estradas nos cafundós da Amazônia e erguiam paredões de hidrelétricas onde antes existiam cataratas. Nunca se inteirara dos negócios dele, ocupava-se tão somente em organizar recepções, jantares e coquetéis impecáveis, nos quais terminava empacada entre as tediosas esposas dos empresários, ministros, coronéis e generais com quem seu marido se associava.

Já então tinha virado um confortável acessório dele. Mas não se incomodava. Realmente, não. Era feliz. À sua maneira, era feliz. Tinha descoberto como. Em Copacabana.

Lá, a vista, apenas acima das copas das amendoeiras, que encanto, que prazer lhe trazia chegar à varanda, estreita de caber apenas uma pessoa de pé, aspirar o aroma salgado do mar tão perto, antes do alargamento das calçadas, das pistas e da faixa de areia, obras que também contaram com participações de empresas criadas por Carlos Heitor para serviços de infraestrutura.

Dali podia acompanhar os passos cautelosos dos velhos sobre as calçadas de pedras portuguesas, a corridinha de banhistas descalços pelo asfalto quente ao meio-dia, os namoricos das babás uniformizadas a tocar carrinhos de bebês nos finais de tarde, o despudor alegre das prostitutas e travestis à noite, como crianças em horário de recreio, exibindo-se para senhores respeitáveis em cujos carros embarcavam, uma ou algumas vezes na mesma noite.

Acabou por inventar nomes para as que via com mais frequência, e tinha uma favorita, Carmen, a quem deu o próprio nome, alta, esguia, longilínea — o oposto dela —, quase sempre com uma flor nos cabelos louros, ruivos ou pretos, perucas fartas, deduzia, a cor cambiando segundo algum capricho que não se interessou em decifrar. A Outra Carmen ria muito alto. Sempre. Não fumava. Quando chovia, protegia-se com um guarda-chuva verde e usava um *trench coat* que abria à aproximação de algum possível cliente. Dona Carmen imaginava que A Outra Carmen estivesse nua por baixo.

O mundo visto das janelas do Velásquez nada tinha dessa graça.

Contando o térreo, mais o primeiro andar do salão de festas, playground e sala de ginástica, e os dois andares de garagem, morava no equivalente ao décimo quinto. De lá não se distinguem traços de rostos, tipo de sapato, estilo de penteado, timbres de risadas, nada se individualiza. O formato dos corpos se assemelha, e ela sabia que era absurda a comparação, a pires de xicrinhas de café se deslocando pela calçada, atravessando no sinal, sentando-se num banco da praça em frente.

No Leblon, do alto do Velásquez, sua visão era essa, a de xicrinhas de café em movimento. E não podia, simplesmente, descer e misturar-se a elas. Havia um canal, duas avenidas e três quarteirões em aclive até as mirradas lojinhas de vitrines provincianas, onde nada havia de interessante para ver, apreciar, pegar, comprar, em ruas percorridas por outras escassas xicrinhas.

Abre novamente os olhos.

Restavam poucos dourados ao leste. O azul da manhã os engolia e se misturava às águas do Atlântico. O oceano atravessado pelos avós, mais sua mãe ainda no ventre, primeira de quatro filhos — três deles meninas —, um dos quais não passaria dos dez meses, uma pequena família espanhola de padeiros no porão do navio de bandeira alemã abarrotado de imigrantes como eles, escorraçados pela miséria na Galícia, na Catalunha e no País Basco, ansiosos por um destino menos árido na terra nova, ou apenas estupefatos desistentes de séculos de indignidades impingidas pelos donos do poder nas velhas terras onde haviam nascido.

A família de Carlos Heitor já estava no Brasil havia muito tempo quando a de dona Carmen desembarcou com seus parcos pertences e ilimitada esperança no cais do porto do Rio de Janeiro, uma parte estabelecida entre plantações de cana-de-açúcar e café no Nordeste, outra assentada em bons cargos no serviço público desde os tempos do Império, todas desacostumadas ao trabalho, quase todas falidas, uns poucos herdeiros ainda circulando por clubes cujos títulos não tinham vendido. Carlos Heitor era uma dessas exceções, justamente o filho mais alerta e ambicioso de um desembargador conhecido pelos favores que aceitava para emitir pareceres convenientes. Um treino útil para Carlos Heitor quando passou para o lado do favorecedor.

Dona Carmen fecha os olhos e lembra, nitidamente, da foto da avó Rosária sentada em uma cadeira de espaldar alto com sua mãe no colo, o avô Maximino de pé ao lado, os dois imigrantes formalmente vestidos em suas roupas de domingo, a mãe enrolada em camadas de tecido delicado, rendas valencianas, talvez, o rosto pequeno da bebê nascida no Brasil emoldurado numa profusão de babados brancos a destacar a pele morena. Como a sua. A herança moura de sua mãe.

A sogra teria preferido a união do filho com uma moça de pele mais branca, teria preferido uma moça dos mesmos círculos do Country ou do Jockey Club, ou ainda do Iatch de Niterói, frequentado por jovens descendentes de alemães e ingleses. Teria preferido que o herdeiro do sobrenome Cavalcanti de Figueiredo não tivesse se encantado com a neta de imigrantes enriquecidos com uma rede de padarias pelo subúrbio carioca e uma parceria com outros imigrantes espanhóis em motéis para encontros amorosos. Teria. Mas a solidez dos recursos do pai de dona Carmen e a generosa sociedade em vários negócios dada ao herdeiro do desembargador Cavalcanti de Figueiredo convenceram a sogra a aceitar o inevitável sangue novo na tradicional família do Brasil velho. Contra sua vontade, igualmente, o pai de Carlos Heitor deu para a trigueira nora o anel de ouro e pérola passado de mãe para filha desde os tempos de seu mais ilustre parente distante, diziam, José Bonifácio de Andrade e Silva, tutor e conselheiro do Imperador Pedro I.

O anel.

Ah, o anel.

Singelo, para não dizer insignificante, diante das joias muito mais valiosas e de melhor estética dadas pelo pai de dona Carmen desde que era criança. Um círculo de ouro e uma pérola de tamanho médio. Isso era tudo. Uma relíquia de uma família farta de sobrenomes e nenhuma relevância. Porém a jovem Carmen viu-se obrigada a usar... aquilo. O tempo todo. Acabou por se acostumar, como nos acostumamos com banais incômodos a que não mais damos importância.

Até ver aquela foto.

A foto.

E o anel.

E a primeira vingança.

E a constatação de que o amor inclui humilhação.

E de que vingança é uma reafirmação de amor.

De profundo amor.

Mas esse reconhecimento só viria mais tarde. Era complexo demais para o entendimento de uma ainda jovem esposa apaixonada.

Aquela foto. Ah. Aquela foto. Foi humilhante dar de cara com o sorriso de Carlos Heitor, aberto e espontâneo como muito raramente acontecia desde que começaram suas viagens constantes para Brasília, estampada na coluna do mais malévolo e inconsequente colunista carioca de assuntos mundanos, igualmente inconsequente, porém respeitoso aos militares e empresários a eles ligados, colunista Ibrahim Sued.

Carlos Heitor na mesa da casa de shows O Beco em São Paulo, ao lado uma mulher jovem bastante atraente, dona Carmen reconhecia, como reconhecia ser a mesma mulher jovem bastante atraente que a recebera na antessala do escritório do marido, algum tempo atrás, apresentada como a economista, sua assistente para assuntos internacionais, na época da construção da hidrelétrica entre Brasil, Paraguai e Argentina.

Era, realmente, economista, era, verdadeiramente, assistente de Carlos Heitor naqueles assuntos internacionais, assim como também, ele abertamente lhe contou, ao encontrar na mesa do café da manhã o jornal aberto na página do tal colunista, uma mulher com quem mantinha relações físicas regulares durante viagens. Um alívio corporal às tensões das negociações, eis o que dona Cristina Frehlieg era. Não um caso amoroso. Amor era com ela, Carmen, a esposa que escolhera, a mãe de suas duas filhas. Com outras mulheres, como Cristina Frehlieg (sim, era descendente de alemães frequentadores do Iatch Club de Niterói), tratava-se tão somente de uma atividade necessária para um homem com grande *drive* sexual e vigor como ele. Assim era, assim se manteria, Carlos Heitor deixou bem claro, palavra por palavra, pois que em nada aquelas relações carnais interferem, interferiram, nem interfeririam na harmonia de seu casamento, explicou com serenidade e benevolência.

Carlos Heitor terminou de tomar café, levantou-se, beijou-lhe a testa e despediu-se avisando que mais algumas roupas vindas de Roma deveriam ser entregues naquela tarde, trazidas por comissários de bordo a quem encomendava conjuntos Sorelle Fontana, sapatos Ferragamo, bolsas e acessórios Fendi e Gucci, com que gostava de vê-la vestida, como passara a fazer desde a oficialização do noivado. Como se a decorasse, dona Carmen sentia. E apreciava. Mas, naquela manhã, diante daquela xícara de café com leite pela metade e daquela página de jornal aberta na coluna social, rodeada por aquela decoração clássica de impecável bom gosto, como sempre lhe parecera, escolhida nos mínimos detalhes pelo marido de tão patrícia origem, começou a sentir um incômodo não tão insuportável quanto uma falta de ar, mas próximo disso, um aperto por dentro, como se seu fígado, o coração, o estômago, as veias, estivessem a inchar, tornando-se grandes demais para caber dentro de sua pequena e delicada caixa torácica. Inchava, mais que tudo, o dedo em que usava o anel de ouro e pérola.

Tentou retirá-lo.

Não conseguiu.

Levantou-se.

Sem se dar conta, correu até a porta, desceu as escadas, saiu do prédio e caminhou, caminhou, caminhou, quarteirões sem conta, alheia aonde ia. Quando se percebeu na avenida mais movimentada de Copacabana, rodeada por estranhos a passar sem incomodá-la, viu-se diante de um botequim. Entrou, pediu um cafezinho. Colocou muito açúcar, bebeu-o em pequeninos goles. Ao terminar, tinha se acalmado. Pediu desculpas por estar sem dinheiro, prometeu voltar, mas o balconista falou que não se preocupasse, e ela saiu, a passos calmos, de volta para casa. Seus órgãos internos tinham retomado o tamanho normal. O dedo do anel parecia ter minguado. O velho anel da família de Carlos Heitor pesava-lhe.

Foi simples e espontâneo.

Dona Carmen o retirou, procurou uma lata de lixo, encontrou-a e ia jogá-lo ali, mas pensou que poderia haver alguma criatura honesta que o achasse, levasse à delegacia ou algum outro lugar onde o marido poderia mandar procurar, pagar recompensa, esse tipo de coisa que alguns poucos gramas de ouro e uma pérola centenários, estimados pela família que não tinha nenhum, provocariam. Achou um bueiro, agachou-se como se fosse pegar algo, deixou-o cair ali. Nunca mais o achariam, como não acharam, e os pivetes de Copacabana foram imputados por mais um crime não cometido. A consternação entre os

Cavalcanti de Figueiredo, particularmente a de sua sogra, foi imensa e, para seu gáudio ao longo de anos, lembrada a cada reunião de Páscoa, Natal e, delícia suprema, Dia das Mães.

Depois dessa primeira vingança, outras, modestas, mas eficientes, se seguiram com a mesma fleuma e regularidade das indiscrições lascivas do marido.

Variaram conforme as oportunidades.

Abotoaduras de ouro e esmalte com as iniciais dele sumiram antes de uma recepção de gala na embaixada portuguesa. Belos objetos, que envaideciam o bom gosto de Carlos Heitor quando apreciados por convidados das constantes recepções no apartamento da avenida Atlântica, provocando elogios por sua destreza em leilões, nos quais ela esbarrou e quebrou alguns, vários, mesmo, da sopeira de porcelana Companhia das Índias do século XVIII ao vaso de Emile Gallé com uma imagem do Pão de Açúcar, assinado e datado de 1901. Desapareceu com a caneta-tinteiro usada por Juscelino Kubitschek para assinar a anistia aos militares revoltosos de Jacareacanga, um suposto regalo do ex-presidente cassado, Carlos Heitor se gabava, sem jamais provar a origem, para sempre depositada no penhor da loja da Caixa Econômica Federal perto do Cine Metro Copacabana, aonde ela fora em seguida assistir a *O homem de La Mancha*, com Sophia Loren e Peter O'Toole, embora não gostasse de filmes musicais. O tíquete do penhor foi para o mesmo lixo do ingresso para o filme.

Muitas das pequenas vinganças dona Carmen esqueceu, mas lembra-se de uma um tanto mais intrincada, em que contratou um detetive em São Paulo e fez com que ele enviasse por correio o resultado em dois envelopes diferentes. Ambos continham fotos da esposa do assistente do Secretário de Obras do Rio de Janeiro, aliado de Carlos Heitor em diversos lucrativos empreendimentos, deitada nua em uma cama de motel ao lado de um homem fora de foco igualmente nu. Um envelope foi para o endereço do escritório do marido da loura catarinense com quem Carlos Heitor aliviava suas tensões profissionais, o outro para o próprio Carlos Heitor. As cópias para Carlos Heitor, com sua imagem inteiramente em foco, estavam acompanhadas da ameaça de envio a jornais, contra uma certa quantia, em notas não sequenciais, a ser deixada em algum endereço a ser fornecido na próxima mensagem. Que nunca chegou. Mas durante semanas ouviu Carlos Heitor em sussurradas conversas com amigos do SNI, o órgão de segurança usado pelos presidentes militares, em busca de notícias e planos de ação contra o chantageador.

Numa outra vez, ela cortou curto, à la Twiggy, uma modelo inglesa então em voga, e pintou de ruivo-alourados os longos cabelos pretos que tanto agradavam a Carlos Heitor. Ele detestou. Ela ficou exultante por meses, até cansar e voltar ao castanho-escuro natural, deixando-os crescer.

Era tão feliz vendo-o amofinar-se.

Tão feliz.

Das vinganças inimagináveis, agradeceria a vida inteira uma sugestão obtida em uma noite chuvosa, em que descera, vestida em seu *trench coat*, para falar com A Outra Carmen, igualmente vestida em um *trench coat*.

A profissional do amor não se surpreendeu. Já percebera dona Carmen reparando nela por noites seguidas. E não com o habitual desprezo das madames da área.

Conversaram como velhas amigas.

A Outra Carmen sugeriu um atentado àquele que sempre é o mais estável e duradouro amor dos homens: seu automóvel.

Dona Carmen ouviu atentamente.

Juntas, as duas Carmens forjaram um plano e uniram forças.

Algumas noites depois, um bando encapuzado rendeu o porteiro noturno, invadiu a garagem e, armado de marretas e martelos, quebrou para-brisa, faróis, volante e painéis do Mercedes-Benz 450 SE de

Carlos Heitor, seguido de igual destruição de seu Mercedes-Benz 300 SL Roadster 1958 cor prata, conversível, também arruinado e com a lataria amassada a ponto irrecuperável. Os nomes dos carros ela decorou ouvindo os lamentos de Carlos Heitor, de tanto que os repetia, em agonia, nos telefonemas a amigos e autoridades, acabando por colocar meia força policial do estado para achar os meliantes. Não teve sucesso. Eram, claro, elementos da própria polícia, protetores e agentes da Outra Carmen e das mulheres e travestis em serviço na avenida litorânea da Zona Sul do Rio de Janeiro.

Dona Carmen e a Outra Carmen mantiveram contato até um italiano se apaixonar pela profissional de *trench coat* quase Gucci, casar-se com ela e incluí-la em sua pacata vida burguesa numa cidadezinha da Úmbria. O que estaria fazendo hoje a Outra Carmen? Teria tido filhos? Que nomes teria dado a eles? Abrira um salão de beleza, como dizia sonhar? Ainda usava perucas ou assumira os cabelos crespos? Aprendera a fazer pratos típicos da Úmbria? Cozinharia feijoada para os amigos do marido aos sábados?

Tinha saudades da Outra Carmen.

Sentia saudades dela mesma.

A manhã se instalara.

O mar diante de dona Carmen era o mesmo de Copacabana, mas não lhe trazia a mesma satisfação das chegadas à varanda estreita depois de constatar a amofinação do marido, a cada objeto sumido, despedaçado, arranhado, desvalorizado.

Aquelas felicidades, nunca mais.

Aquelas reafirmações de paixão por Carlos Heitor, nunca mais.

Carlos Heitor, nunca mais, tampouco, desde a doença que limitou seus movimentos, depois sua fala, depois sua memória, até sobrar apenas o invólucro de um senhor de olhar opaco, inerte numa cadeira de rodas.

* * *

Sobre as traições, dona Carmen se calou. Como uma pedra.

A menos espontânea das pequenas vinganças foi na mesa de operação do mesmo cirurgião plástico que alterara estrelas internacionais de cinema, uma imperatriz destronada e a sua sucessora, a viúva de um presidente norte-americano, grã-finas brasileiras. Saiu de lá com seios de adolescente e nariz arrebitado como uma atriz francesa da *Nouvelle Vague*. Os amigos de Carlos Heitor se encantaram e pareciam dispostos a trocar a antiga amizade e bons negócios pela atenção da nova dona Carmen. Ela fingia aceder. Em vão. Continuava apaixonadamente fiel ao marido estroina.

E ele, por ela, dona Carmen sempre acreditou e agora recordava, deitada em seu amplo leito de viúva no edifício Velásquez.

Pobre Carlos Heitor, pensou, nunca se deu conta de minhas recorrentes pequenas vinganças, nem da felicidade que me dava vê-lo sofrer por elas. Fomos tão felizes juntos, toda uma vida. Mira o mar além das janelas, o corpo frágil demais para levantar-se, aguardando a cuidadora recolher suas fraldas enquanto lhe fala frases tolas, usando sempre verbos no diminutivo e insistindo para que tome o mingau da bandeja colocada em seu colo.

Inutilmente.

Dona Carmen não a ouve. Dona Carmen não está ali, imóvel na cama. Dona Carmen está diante do mar de Copacabana, numa varanda estreita, vestida num conjunto de seda multicolorido de Emilio Pucci, mandado trazer da Itália por seu amantíssimo marido, aguardando que ele acorde e venha sentar-se à mesa para tomarem café juntos. Como fizeram desde que se casaram e farão, pelos próximos quarenta e dois anos que ele viver.

KIM NOVAK NA ENFERMARIA 4

— Boa tarde — disse o jovem médico moreno, com um leve sotaque espanholado, à mulher madura, sentada atrás da mesa de metal. — Busco a enfermeira-chefe.

A mulher madura, vestida em tons verdes do brinco e da echarpe em torno do pescoço longo como uma caneta esferográfica, aos sapatos de bicos finos a lhe garrotear os dedos, moveu ligeiramente a cabeça num gesto talvez afirmativo, talvez negativo, os olhos passando dos papéis que tinha nas mãos para a tela do computador antiquado à sua direita, tentando inteirar-se das atividades da ala de neurologia durante suas férias, encerradas no dia anterior, sempre curtas demais, retornava ainda mais exausta do que saía, bastava ficar vinte e dois dias fora para toda a sua meticulosa organização ir por água abaixo. A porta apenas entreaberta era sinal conhecido para os funcionários de que já chegara mas ainda não abrira oficialmente o expediente, portanto não deveria ser incomodada. Se o rapaz não obedecia ao código e já dava um passo para dentro de sua sala, era sinal de que não conhecia sua intransigência com a desobediência a códigos.

— É a senhora? A enfermeira-chefe?

A mulher madura levantou os olhos. As lentes de contato verdes lembravam os robôs de séries exaustivamente reprisadas em sessões nostalgia. Precisava trocar de roupa, vestir o uniforme, incorporar os sinais hierárquicos do cargo. A invasão de seu espaço de trabalho, ainda que em tom cordial, desequilibrava a rotina necessária ao bom desemprenho de sua função.

— Busco a enfermeira-chefe — o jovem repetiu, firme, mas gentil.

A mulher madura reparou no impecável jaleco branco, na impecável camisa azul-clara de gola impecavelmente engomada, no impecável nó da gravata azul-escura, nos cabelos pretos impecavelmente penteados. Trazia um estetoscópio em torno do pescoço. Como os médicos de seriados de televisão, ela pensou. Como todos os novatos. Não conhecia aquele médico. Devia ser um dos novos contratados. O tom cordial não a enganava: era o que novatos sempre adotavam quando queriam pedir algum favor fora do protocolo. Ou relatar problemas. Aquele à sua frente parecia prestes a descarregar ambos.

— Me disseram *que acá la* encontraria.

A mulher madura confirmou com a cabeça. O tom da pele pardavasco e o leve sotaque a fizeram deduzir que devia ser dos sul-americanos, peruanos e bolivianos principalmente, cada vez mais presentes nas faculdades e hospitais dali. Cubano não seria, pois que todos haviam sido expulsos pelo novo governo brasileiro.

— Muito prazer, senhora — o jovem médico disse, estendendo a mão.

Médicos não estendem a mão para enfermeiras, a mulher madura pensou. Nem para ninguém dentro de um hospital. Questão de higiene. E protocolo, obviamente. Deveria avisá-lo em outra ocasião.

Levantou-se, respondeu ao cumprimento.

— Sente-se, senhora.

Precisava avisá-lo de que enfermeiras, mesmo enfermeiras-chefe, não se sentam quando há um médico de pé, a mulher madura pensou. Mesmo quando são jovens recém-formados. Ele vem de outro país. Lá médicos e enfermeiras agiriam de forma diferente?

— Por favor, sente-se.

Ela relutou brevemente. Em seguida, acedeu.

— Posso sentar-me? — o jovem médico perguntou, apontando a cadeira em frente à enfermeira-chefe.

Ela meneou mais uma vez a cabeça, constrangida. Médicos não pedem permissão a enfermeiras para sentar-se.

— *Estoy acá hace* quinze dias — disse, sentando-se.

— Eu estava de férias — a enfermeira-chefe falou, em tom de involuntária desculpa. — Voltei hoje.

— *Sí*. Eu sei. Esperei a senhora voltar para saber melhor de um paciente.

— Um paciente?

— Saber dele. Do paciente, sim. E da mulher dele. Ninguém sabe responder às minhas perguntas.

— Um paciente da ala de neurologia?

— E a mulher dele. Não sabem responder. Ou não querem. Responder. Sobre o paciente.

— Um paciente da minha ala?

— E a mulher dele. *En la enfemería cuatro*.

— A mulher de um paciente da ala de neurologia?

— *En la enfemería cuatro*. A ficha diz que *el paciente está en coma hace más de un año*. Desde… setembro *del año pasado, lo creo*.

— Agosto — ela corrigiu.

— A *señora* sabe *quien és*?

— Sim, imagino que sim.

— Um professor, está escrito *en la* ficha.

— Sim.

— Teve afundamento de crânio.

— Sim.

— Perdeu massa encefálica.

— Sim.

— *Una agresión*.

— Sim.

— Por quê? Assaltantes? *Venganza?*

A enfermeira-chefe não respondeu.

— *La* ficha diz — ele agora apontava para o anacrônico computador do hospital público, onde seguramente se informara — que *es un coma irreversible*.

A enfermeira-chefe manteve-se calada.

— *Es verdaderamente irreversible?* — o jovem perguntou.

— Não sei, doutor. Sou apenas uma enfermeira.

— *Quién* fez o diagnóstico?

— Vários médicos. Vários neurologistas. Muitos neurologistas. Enquanto o caso esteve na mídia.

— O caso dele *estuvo en la* mídia?

— Esteve.

— *Él es* famoso?

— Não.

— *No?*

— Apenas um professor de matemática.

— Era um professor?

— É. É um professor. De escolas secundárias. E de cursinhos preparatórios.

— Todos *los* médicos chegaram *al mismo* diagnóstico?

— Todos.

— Coma irreversível?

— Foi o que disseram.

— Entretanto…

— Entretanto?

— Entretanto *ella…*

— Ela?

— *Su mujer. La* mulher dele.

A enfermeira-chefe pegou os papéis espalhados pela mesa, juntou-os.

— *Yo la vi llegar todos los días, siempre a la misma hora, en el medio de la tarde. Todos los días.* A mulher dele. *Una rubia. Una* loura. Alta. Ou quase alta. *Así parece. Quizá por los* saltos que usa.

A enfermeira-chefe baixou os olhos para os papéis.

— Já sei quando ela está chegando. Ouço o barulho dos saltos no corredor. *Tacones lejanos.* Todos os dias ela fica duas, três horas com o professor. Depois se vai. Sei que se vai porque ouço o barulho dos *tacones* sumindo no corredor.

A enfermeira-chefe manteve os olhos baixos.

— No sábado e no domingo, *ella* ficou ao lado dele o dia todo.

A enfermeira-chefe abriu uma gaveta, guardou os papéis.

— *Siéntase a su lado y habla con él.* Fala com ele. Conversa com ele. *Todo el tiempo. Como en aquella película.* Aquele filme *español* de *la* mulher em coma. O filme *del* diretor famoso que...

— Eu sei qual filme.

— *Pues* que fala com ele. Como *si* ele *la* ouvisse.

De outra gaveta a enfermeira-chefe retirou outras folhas de papel.

— *Es muy linda.*

As folhas foram examinadas, uma a uma. Não olhava para o médico.

— *Ella. Su* mulher. Não acha?

O encanto era claro. Adiantaria dizer alguma coisa?

— *La mujer del* professor de matemática. *Yo*... Eu perguntei... Sobre *ella*... Perguntei a todos e... Ninguém... *Nadie* ... Ninguém sabe... Ninguém sabe, ou ninguém parece querer falar e...

"Como ele é jovem", a enfermeira-chefe pensou, "ainda não aprendeu a reconhecer o impossível."

— *Bella como una actriz de Hollywood* — o médico disse, em voz baixa, mas com indisfarçada admiração. — Por que ninguém sabe nada sobre *ella*?

A enfermeira-chefe passava uma folha por baixo da outra. Não lia, realmente, apenas as trocava de lugar.

— *Bella como una actriz de Hollywood* — ele repetiu, acreditando não ter sido ouvido — Aqui. *En este* hospital público. Não *hay* lógica. *No* consigo compreender. Compreender *su presencia*. Sua presença aqui.

A enfermeira-chefe guardou as folhas na mesma gaveta das anteriores.

— *No* sei o que *ella* diz. Fala baixo *con el* professor. Sussurra. Pergunta *y* responde, como se estivessem dialogando. Faz quanto tempo que...?

— Quinze meses.

— E ela...

— Nunca deixou de vir. Nenhum dia.

— Como *si él* estivesse... vivo.

— Ele está vivo.

— *Él es* um morto-vivo. Un paciente com metade *del* cérebro, apenas. Nem isso. *Ni mitad*. Ele não ouve o que *ella* diz. Ele está ali, apenas...

A enfermeira-chefe aguardou que o jovem médico terminasse a frase.

— Apenas porque ninguém teve a *piedad* de lhe dar um *fin* digno.

O silêncio se instalou na sala exígua da enfermeira-chefe. Ela não se moveu. O jovem médico fez menção de levantar-se, mas apenas chegou mais para a frente na cadeira.

— Não *hay piedad* — ele murmurou.

A enfermeira-chefe não o contestou.

— Não há piedade — o jovem médico repetiu, em voz alta — Não há...

— O senhor conversou com ela... — a enfermeira-chefe o interrompeu. O jovem médico se surpreendeu. — Ou foi ela que procurou o senhor?

Ele não sabia se deveria responder.

— *Ella* o quê?

— Foi ela que procurou o senhor?

— Faz diferença saber se foi *ella* ou si fui *yo* que...

— Nenhuma.

— *Ella es* atriz?

— Ela disse ao senhor que é atriz?

— A *señora* sabe *quién ella es*?

— Não fazemos esse tipo de perguntas aos acompanhantes dos pacientes.

— *Qué hace ella*? O que ela faz?

— Nunca perguntamos isso aos acompanhantes dos pacientes.

— *Dónde* trabalha? Em um cabaré?

— Por que o senhor falou em cabaré?

— *Qué* significa cabaré em português? O *mismo que en español*?

— Que importa onde ela trabalha, doutor?

— Para *verla*.

— Para o quê?

— Vê-la.

— Pode vê-la aqui. Ela vem todo dia.

— *Quiero* vê-la fora daqui.

— Pergunte a ela.

— *Ella no quiere* me dizer.

— Então não haverá como encontrá-la.

— Eu preciso. *Yo necesito*. Por compaixão. Por... muitas razões.

— Doutor, não me peça, eu nada sei.

— A *señora* sabe.

— Por que eu saberia?

— Porque foi a *señora* que *permitió la* entrada *de ella* aqui.

— Não tomo decisões e não tenho nada a ver com a vida particular das pessoas internadas nesta unidade.

— Porém *permitió* que *ella* viesse todos *los* dias. Deu a *ella* permissão especial.

— Não fiz isso. Por que faria?

— Por *compasión*. Por compaixão.

— Outra vez essa palavra. Sou uma profissional do ramo da saúde, ajo de acordo com as regras, não por sentimentos de telenovelas.

— *Ella* me contou.

— O que contou?

— *No* é casada com *el* professor. *Ni mismo lo conocia. No* conhecia *el* professor

— Eu nada sei, doutor. Eu me ocupo com os pacientes, não com acompanhantes de pacientes.

— *Ni mismo ella?*

— Meu trabalho é organizacional, apenas. Disso me ocupo.

— Nunca se perguntou por que *una* mulher *tan* elegante *y* refinada vem diariamente a *un* hospital público, falar com *un* homem em coma *irreversible* que *no es su* marido?

— Por que o senhor me procurou, doutor?

— *Ella* estava a caminho do trabalho, em *un* cabaré, quando aconteceu. Ele foi agredido por um bando de jovens selvagens. Motociclistas. Armados com *cadenas. Con* correntes.

— Se o senhor sabe, por que me pergunta?

— Era a *ella* que *los* motociclistas pretendiam agredir.

— O que aconteceu antes do professor ser trazido para cá não me diz respeito. Tampouco ao senhor.

— *El maestro se interpuso*, se colocou no *camino*. Entre *los* agressores e *ella*. El professor *la* protegeu.

— Não sei.

— *Eran* namorados?

— Não sei.

— Amantes?

— Como posso saber?

— *Eran* apaixonados?

— Não sei.

— *Ella* parece terrivelmente *enamorada* dele.

— Não sei, já lhe disse.

— Terrivelmente.

— A vida íntima dos pacientes não nos diz respeito.

— *Ella* estava *caminando* para *su* trabalho. Em um cabaré.

— Nada sei, doutor.

— Faz dublagens de estrelas do cinema. *En* casas noturnas *del* centro da cidade.

— Se eu soubesse a profissão de todos que entram neste hospital diariamente, ficaria louca.

— Em *la noche del* ataque, dublava a Kim Novak.

— Talvez isso tenha sido contado por algum repórter. Como saber se é verdade ou mentira?

— Se vestia como Kim Novak em um filme *llamado Vertigo*. Em Brasil se *llamó Um corpo que cai*.

— Eu me ocupo da minha função, apenas.

— Se vestia como Kim Novak em uma antiga película de Alfred Hitchcock. De maneira clássica e discreta. Tal como se veste quando *viene* aqui para visitá-lo. Exatamente de *la misma manera*. Para que *él* saiba como se importa com o que lhe aconteceu. E para que, *quizá*, se recorde.

— Não sei do que fala, não sei que filme é esse.

— No centro de *la* cidade. Trabalhava ali. Vestida como Kim Novak em *Um corpo que cai*. Quando aconteceu.

— Só sei o que as reportagens contaram.

— *Qué decían los informes?* O que contavam *las* reportagens?

— Não me lembro. Leio, vejo, ouço, esqueço. Cada dia as reportagens contam novas desgraças. As de ontem não interessam mais.

— Esta continua. *El* professor continua lá. *El cuerpo* sem cérebro continua lá. *Una* tragédia.

— Cada paciente aqui é uma tragédia.

— *No* como esta, *estoy* seguro.

— Tudo aqui é uma tragédia, doutor.

— *No* como a dela.

— Dela? Tragédia dela? Ou dele?

— *Ella* sofre porque está viva.

— Como?

— Porque continua viva testemunhando *el* sofrimento dele.

— Ela é quem sofre, o senhor diz?

— Muito. Pelo que causou.

— Não foi ela.

— *La agresión*. Que o deixou nesse estado. *Ella* se culpa. *Ella* causou.

— Ela causou?

— Kim Novak causou.

— Kim...?

— *El* professor *la veía* como Kim Novak no filme *Um corpo que cai*.

— Doutor...

— Fez inúmeras anotações sobre *ella*, sobre Kim Novak, em *su* laptop. Deu um título: "O universo não vale o teu amor". *La* imprensa *repitió* várias vezes: "O universo não vale o teu amor".

— O universo...?

— Não vale o teu amor. Está nas reportagens que a *señora* diz *no* se recordar.

— Doutor, este é um hospital público. Cada paciente internado aqui é alguém que...

— *Siempre* que *el* professor *la veía* passar em *la calle* — o jovem médico interrompe —, na rua em frente *al* apartamento *donde vivió*, *la* registrava. *Con* fotos. Fotos de Kim Novak. E cenas *del* filme. Duas, repetidamente. *Una*, em que *ella* se suicida, jogando-se sob uma ponte em San Francisco. *La otra* cena, *el* professor tinha gravada dezenas de vezes. A cena de *la película* quando *ella* es ressuscitada por *el* homem que *la* ama.

— Ressuscitada?

— Kim Novak.

— Kim…?

— Novak. Ressuscitada.

— Kim Novak?

— Essa *es la* razão de *ella* se vestir como se veste, quando vem aqui.

— Doutor, essa pessoa que vem ver o professor… Talvez o senhor não tenha percebido, ela não é como…

— Como Kim Novak? Claro que não. Kim Novak *tiene un* ar de parvoíce intransponível, enquanto *ella*…Ella *tiene* algo inexplicável que…

— Ela não era como uma mulher comum.

— Seguramente que *no. Ella es un enigma.*

— Enigma?

— Ao se vestir como na noite em que *lo* mataram…

— O professor não está morto.

— *Sí*, está, e a *señora* bem sabe, tão bem quanto eu e todos *los* que o atenderam nestes meses.

— Não sei. Nada sei.

— Por que *ella* relata apenas parte da história?

— Doutor, tenho tanto a fazer aqui.

— *El* professor não pode ser ressuscitado como Kim Novak naquele filme.

— Cheguei de férias hoje, como o senhor sabe, e tudo está bastante desordenado. Veja estas pastas, todas estas pastas, são fichas e informações de outras áreas, deixadas aqui, irresponsavelmente. Não foram digitalizadas e é minha obrigação….

— *Es verdad? Ella* trabalha em um cabaré? Faz imitações e dublagens de *estrellas* de Hollywood? *Dónde?*

— Que importa, doutor? Que diferença faz?

— *Quiero* encontrá-la.

— Ela lhe pediu?

PEQUENAS VINGANÇAS 65

— *No* precisou dizer, *no* com todas *las* palavras. *Yo comprendí la súplica.*

— Para encontrá-la fora daqui?

— Não. Para ter *piedad*.

— Piedade?

— *Piedad de él*. Piedade *del* professor.

— Não compreendo.

— *Sí*, compreende. E *yo también comprendo*.

— Compreende?

— Fé, esperança e *caridad*.

— Fé, esperança...?

— E caridade. As três virtudes teologais. A *señora* é católica?

— Que importa se sou católica?

— *Piedad* é una forma de *caridad* cristã.

— O senhor não é o primeiro médico que ela procura.

— *Ella* não me procurou.

— Ela fez com que o senhor a procurasse. Que fosse até ela. No quarto, no corredor, não sei, mas tenho certeza de que ela fez. Que o senhor procurasse entender o que ela passava e tentasse ampará-la.

— Não.

— Não, doutor?

— *Sí*. Sim, fui eu que...

— Os outros médicos, também. É inevitável.

— *Otros?*

— Ela busca piedade.

— *Ella* não precisa de *piedad*.

— Ela, não. Ele. O professor de matemática. Piedade e misericórdia. Foi o que ela pediu, não foi? Que se apiedasse dele e o libertasse?

— *Ella* nada pediu.

— Piedade é um sentimento arrogante, doutor. Para senti-lo é preciso considerar-se superior ao resto da humanidade.

— Ele sofre. Ele *no tiene* saída. Ele *no tiene* mais vida.

— Misericórdia é arrogância.

— Até de um cão moribundo se *tiene piedad, hasta* a um animal se dá um *fin* misericordioso.

— Ele não é um cão, ele é um homem, um ser humano. A suprema criação divina.

— *Agnus Dei Qui tollis peccata mundi, miserere nobis.*

— Ela não é Kim Novak, ela não é o que lhe parece, doutor.

— *Cordero de Dios* que tirai *los* pecados *del* mundo, tende *piedad* de *nosotros*. Eu aprendi, a *señora* aprendeu, todos nós, cristãos, aprendemos.

— Não!

— Não?

— Os outros não concordaram. Veteranos ou novatos. Mas ela sempre tenta. O senhor não pode fazer isso.

— *Ella* nada pediu.

— Não é piedade. Não é misericórdia. É crime.

— *Ella* nada me pediu. *Ella* sofre. *Ella* se culpa. *Ella* nunca terá paz enquanto ele viver.

— Mesmo que o professor fique desse jeito por mais quinze meses, ou quinze anos, ou vinte, quantos anos for, o senhor não pode fazer o que ela pede.

— *Ella* nada me pediu.

— Sei que o senhor pode fazer isso sem deixar vestígios de seu ato. Não poderei denunciá-lo. Ninguém poderá.

O jovem médico se levantou. Dessa vez não estendeu a mão. Despediu-se com mínima inclinação do tronco.

— Não o faça, doutor — a enfermeira-chefe pediu, mas ele já estava no corredor, a caminho da enfermaria, e não a ouviu.

Piedad, señor

Numa semana, só comia mandioca. Um prato de manhã cedo e mais nada, até a manhã do dia seguinte. Na outra semana, taioba. Na de depois, inhame. Couve, unicamente couve, apenas aquele prato cedo, por sete dias. Mostarda, se tinha na horta, ou batata-doce, pelos próximos sete. Sempre de sete em sete. Aipim, de novo. E de novo taioba, e de novo inhame, a semana inteira, um prato de manhã, em silêncio na mesa da cozinha, com uma caneca de café nos primeiros dias, logo após o retorno. Depois nem isso, era uma caneca de água e pronto, mais nada o dia inteiro. O dia inteiro. Nem porco, nem frango, nem pato, nem nenhuma criação das que ciscavam ou trotavam pelo quintal de terra atrás da casa, terminado na cerca de pitangueiras onde os dois filhos se fartavam. Ele, nada. Nada. Nem pitanga, nem caju, nem manga, nem mexerica, nem banana, nem mamão, nenhuma fruta dos pés plantados ou surgidos antes de ele ir para a guerra e durante os cinco anos passados lá. Era aquele prato, de manhã, e só.

Magro, magro, magro. E comprido, contavam minha tia Balbina e meu tio Germano, que o conheceram. Meu pai não tinha nascido ainda.

Os filhos, tinha vezes, poucas, acordavam com o barulho do machado rachando lenha, nem bem clareara o dia, caso houvesse lenha para rachar, catada na mata do vilarejo, pois que era um vilarejo então, naqueles tempos antes de expulsarem o imperador e chegarem os trilhos da estrada de ferro, e logo as fábricas de chita e de renda, mais os magotes dos libertados das fazendas de café pela Lei Áurea, e os trazidos da Itália, uns com mulher e crianças, outros só com eles mesmos, algum baú, algumas sementes, uma ferramenta ou outra, um contrato de trabalho temporário jamais cumprido.

A mata ainda rodeava tudo e era lá que meu avô buscava lenha. Saía antes das crianças se levantarem, voltava lá pelo fim do dia.

Até que não voltou mais.

Não sei, pensou.
Não sei, não sei.
Aconteceu.
Fui.
Não pensei, só fui.
Fui, fui.

Dizem. Disseram para eles. Eram pequenos demais os dois, minha tia Balbina Maria e meu tio Germano, para saber o que queriam dizer com o que disseram do pai deles, o meu a menos de dois meses de nascer, quando falavam do sumiço do pai, o deles, e eles, a tia Balbina e o tio Germano, não entendiam nem o sumiço, nem a ausência, nem o silêncio em vez da lenha rachada, nem a mesa sem o prato com sobras de mandioca, nem sem a caneca de café ou água bebida. A vó Cecília, mãe deles, num canto da cozinha, ao lado do fogão a lenha, acuada como um bicho, só olhando, só esperando o momento de sair disparada dali, escapulindo de todos. Os outros é que falavam, os vizinhos, um parente ou outra visita, mas o que é um tio, uma tia, uma visita? Palavras ainda eram um terreno obscuro para eles. Sabem o quê, as crianças? Entendem o quê? Se nem adulto que é adulto sabe ou entende ou conseguia lhes explicar o que se passou na mente daquele homem trabalhador e quieto, quanto mais eles, os dois, e depois o outro que ainda estava por nascer, o terceiro, meu pai.

O único sinal compreensível para eles era a ausência do barulho de lenha rachada.

Fui.

Assim ele pensa. Pensaria. Talvez. Ou não pensa. Nem pensava. Nem pensou. Pensou?

Foi.

Não contou para a mulher. Não se despediu. Não deixou dinheiro para pagar o armazém. Não levou muda de roupa, embornal, fumo, boia, cantil, carabina, anzol. Não disse uma única palavra para ninguém. Não levou a medalha. Foi, apenas.

Foi.

Fui.
Fui indo.
Fui.

Foi, contariam depois, como se retornasse dali a pouco, como se fosse voltar logo, mais dia, menos dia, certamente. Mesmo tantos anos passados, ele acabaria aparecendo, uns continuavam falando, mesmo depois de o filho, ainda por nascer na época do sumiço, ter crescido e virado pai de família, como o dele, lá atrás.

Fui.

Deixou a condecoração, a medalha de metal pesado, devia ser cobre, pendurada numa fita verde e amarela. Tampouco levou o uniforme. Nada, nada. A condecoração estava num bolso interno e lá ficou. Ou ele esqueceu. Ou não queria? Preferia não lembrar porque foi condecorado com ela? Foi de propósito, dizia meu pai, tinha certeza. Como podia saber, se nem nascido era, quando o pai desapareceu?

Fui.

No uniforme ninguém podia tocar, minha avó nunca deixou. Ficava no fundo do guarda-roupa, dobrado, dentro de um saco de sarja cheio de esferas de naftalina branca, do tamanho de bolas de gude. Quando ela morreu, a vó Maria Cecília, ninguém quis ficar com ele, o uniforme da guerra. Com a medalha, sim. Era para ser do filho homem mais velho, meu tio Germano. Não foi. Não sei por que nem como. Só sei que meu pai deixou para mim quando perdeu a guerra dele, mas essa foi de doença. Nem primogênito sou. Mas me interessar pelo sumiço sempre me interessei, sempre perguntei, sempre quis saber, ouvi e fui juntando os pedaços, enquanto as traças iam devorando o uniforme do Cabo F. apesar das pelotas de naftalina da minha avó, e as memórias dela eram devoradas pela demência onde acabou desaparecendo com uma, me parecia por seu sorriso permanente, aliviada satisfação, como se naquelas neblinas onde ninguém mais penetrava, finalmente o reencontrasse, o meu avô, em seus balbucios e sussurros de um diálogo que só ela ouvia.

Saí do quintal, nos fundos, atravessei a casa, saí da casa, passei pelo cajueiro na frente, abri o portão e fui.

Andei, andei, andei, andei, até nem saber mais onde estava. Deixei a estrada marcada com os afundamentos das rodas dos carros de boi em algum momento. Peguei umas trilhas e logo outras e outras que se cruzavam, saí delas, voltei a elas, entrei pelos matos, atravessei uma pinguela aqui, um córrego mais adiante, subi uns morros, desci outros, até sumirem plantações e gado e choupanas e fumaça nas chaminés, nada mais. Nenhum sinal de gentes, gritos, choros, vozes, nada, só eu, eu indo. Dormi aqui, dormi ali, não sei onde, nem queria saber. Prossegui. Até que havia uma loca de pedra.

Entrei.

Era de um tecido grosso, um dia peguei, meu pai me mostrou ou deixou o pacote aberto, era só a parte de cima do uniforme, o casaco, e pode ser que tenha sido azul-escuro no início da guerra, ou quando ele chegou lá, no Paraguai, nos charcos, o meu avô, mas de tanto lavado sobraram apenas uns tons apagados, pálidos, de azul-acinzentado e um bordado, apesar de esmaecido, na parte interna, no bolso onde a medalha ficava guardada, indicava o 8º. CVP, o Corpo de Voluntários da Pátria a que Francisco de Souza Oliveira tinha se alistado e servido a partir de janeiro de 1865. Dos oito botões da frente da jaqueta nenhum restara, nem os três de cada manga. Calça não havia, nem casquete, cinto, cantil, baioneta, botinas, sabre, nada senão o casaco sovado, de tudo o que houvera um dia, dos anos passados no Paraguai. Se é que ele trouxera mais do que aquilo da guerra.

Havia uma loca de pedra.
Entrei.

Dos cinco anos pelos charcos e lomas do Paraguai, entre janeiro de 1865 e março de 1870, quando a guerra acabou, ninguém sabia, nem jamais ouvira da boca do taciturno Cabo F. Não enquanto ele estava presente.

Fui.
Fui indo.

* * *

Para ela, contou. Depois. Quando já não estavam, nem um nem outra, presentes.

Fui.
Lá, aqui, apenas assim, fui indo.

Quando me dei conta da vó Cecília, ela já vivia da cadeira de rodas para a cama, da cama para a cadeira de rodas, em nossa casa, não a que fora dela e do pai do meu pai, depois de tia Balbina e tio Germano, sem marido nem mulher nem filhos, nenhum dos dois, não terem mais condições de manter os cuidados e as despesas de uma entrevada, disseram, com remédios, cuidadora e tudo o mais. Daí veio ela. Trouxeram e largaram no quarto. Eu passava lá e via.

Vó Cecília não falava.

Conosco, não falava.

Nem nos ouvia.

Não a nós.

Éramos mais de vinte mil. Mesmo depois da malária, da febre ama- *rela, do tétano, do sarampo e da tuberculose, mesmo com a sede e a fome,* *a falta de mapas, de médicos, remédios e macas, mesmo com as gangre-* *nas, as amputações, as deserções, o abandono dos moribundos, mesmo* *com as entranhas abertas, misturadas a barro e bosta, ainda éramos vinte* *mil quando chegamos lá. Naquele lugar. Naquele lugar. Naquele lugar.*

Sentado no soalho de cerâmica vermelha, sempre encerado e frio, eu a ouvia rumorejar, em meio às névoas de seu silêncio para o resto do mundo. Falava sozinha, como as velhas caducas, avisaram a tia Balbina e o tio Germano.

Não.

Não falava sozinha.

* * *

Lomas Valentina. Cerro Corá. Estero Bellaco. Perecué...

Tantos sons estranhos, tantas palavras sem sentido.

Piquissiri. Yataity-Corá. Pehuajó...

Até que um dia ouvi, entre as repetidas palavras obscuras, em um tom mais baixo ainda, entre os dentes que lhe restaram, *Menina Cecília.*

Esperei. Já me acostumara a ouvi-la repetindo frases, as mesmas, uma, duas, muitas, incontáveis vezes.

Não foi sua culpa, menina Cecília...

Alguém já contara que assim meu avô a chamava, antes de ele partir para a guerra, minha vó com treze, ele com dezessete anos.

Menina Cecília...

Eram as frases de meu avô, compreendi, saindo dos lábios dela.

Não foi sua culpa, menina Cecília. Nem de ninguém. Eu fui indo, só isso. Fui indo. Como tinha ido lá. Como tinha ido para lá.

Voltavam a se encontrar, não ela amparando o Cabo F. retornado do Paraguai, alquebrado e mudo, mas ambos com a mesma ternura e assombro de setenta anos atrás, como eram Cecilia e Francisco antes da guerra, antes dos filhos, antes do sumiço, antes da loca de pedra, antes da demência. Assim eu compreendi que os ouvia, os dois por uma única voz. Em fragmentos. Pedaço a pedaço. Uma frase aqui, um nome de lugar ali, sons incômodos que eu não atinava, nem vó Cecília conseguia pronunciar direito, espanhóis, guaranis, todos ressoando estrangeiros, pois terra estrangeira era para onde Francisco fora mandado, muito longe dali. Uns sons ela falou uma vez e nunca mais voltei a ouvir. Esqueceu-se, talvez. Outros, de tanto que repetia, sei até hoje de cor. Ouço aqueles nomes pronunciados com as murmurações dela, dele, através dela.

Lomas Valentina. Cerro Corá. Estero Bellaco. Perecué. Passei por todos esses, menina Cecília, Tupuim. Curupaiti. Lama e doenças. E gemidos, menina Cecília, dia e noite, os gemidos de dor. Tataybá. Piribebuy. Piquissiri. Yataity-Corá. Pehuajó. Arroio Hondo. Fui, menina Cecília. Estive lá. Ouvi. Vi, menina Cecília, minha menina Cecília...

A mãe dele, do meu avô, dona Eulália, a filha da escrava comprada e alforriada pelo colono português, tinha se oposto ao filho se alistar nos batalhões dos Voluntários da Pátria, mas sobrava o que para um rapaz de pouco estudo, neto de colono e emancipada, sabendo um pouco de fazer contas, de assinar o nome, mais nada? E havia as promessas, as vantagens quando voltasse. Se voltasse.

O filho alistou-se.

Foi.

Patentes de oficiais, prometiam aos que enfrentassem os paraguaios de Solano Lopez. E mais trezentos mil réis, prometiam, menina Cecília. E lotes de terras com vinte e duas mil braças em colônias militares. E libertação para os que fossem escravos. E assistência às viúvas, aos órfãos e aos mutilados. Quando voltasse ao final da guerra, todos ficariam em condições melhores. Ou mesmo que não voltassem. Não havia nada a perder.

Estava enganado.

Dolorosamente enganado.

* * *

Fui. Apenas isso. Fui.

À noite, dentro da loca, tempos e tempos depois e seguidos, ele e seus trapos, quando os torós de verão alagavam tudo à volta ou diante do firmamento coruscante das límpidas noites frias de junho, talvez pensasse, pretendi? Planejei? Já vinha com isso na cabeça quando tentava pensar em outra coisa que não os trovões dos canhonaços, os berros abafados das granadas esburacando a barraria paraguaia empoçada do sangue deles e dos outros, jogando no ar pedaços de soldados de sua companhia e dos batalhões deles, sem um ai sequer, nem eles nem os outros, não se berra quando se é despedaçado, não dá tempo, nem para o espanto, sempre se moviam para a frente, avançando entre blocos de fumaça e de outros uniformizados, tropeçando e atirando, indo para a frente, sempre em frente, ordenavam, e ele ia, nem rezar rezava. Rezar para quem, rezar para que, pedir o que se não há a quem clamar entre morteiros e punhais? Pois nem pedir pedia. Ia, sem pensar. Ia.

Fui indo.

Era um homem de palavra. Era sua missão. Era um Voluntário da Pátria, não era?

Charcos, povoados abandonados e vilarejos incendiados, pastos sem gado nem ovelhas, estraçalhadas pelos bombardeios, as carnes penduradas em ossos secando junto aos restos de seus pastores. Vi, passava e via, sempre avançando. Mal sabia como se chamavam aqueles lugares nas terras estrangeiras, mal sabia que iria lembrar seus nomes como se estivessem marcados a fogo na minha pele, como as cicatrizes no meu rosto e nas minhas mãos. Ia indo.

* * *

Era um Voluntário da Pátria. O imperador dependia dele. A pátria dependia da lealdade dele. As glebas, as patacas, a aposentadoria, o amparo à família, dependiam dele. De ele ir. Por isso ia. Tinha de ir. Ir. Em frente. Sempre.

Ia indo, ia, íamos indo, todos indo. Meninos. Crianças. Portando varas a fingir serem fuzis.
Tínhamos chegado a Acosta Ñu.

Quem sobreviveu a Acosta Ñu foi chamado de herói e condecorado. Meu avô entre eles. A medalha foi a que herdei. Dos lotes de terras, da patente militar, dos trezentos mil rés, não havia notícia. O Cabo F. os abandonara pelo caminho, como aos complementos do uniforme, os galões, o cinto, as armas, tudo largado pelas estradas como se assim conseguisse aliviar a memória. Mas os gritos, isso não dava para apagar. Os lamentos. Os uivos de dor. As manchas de sangue espirrado nos botões da jaqueta. Os choros dos meninos de Acosta Ñu, lembrados a cada vez que ouvia o choro dos filhos.

Fomos.
Indo.

O pranto dos meninos de Acosta Ñu, lembrados a cada vez que ouvia o dos filhos.

As crianças abraçavam nossas pernas, Cecília. Esquálidas, doentes, esfaimadas. Choravam e pediam. Não era comida que pediam, Cecília. Nem remédio para suas pústulas. Não me mate, senhor, não me mate, pediam. Piedade, pediam. Piedad, señor, pediam. Eram crianças, Cecília. Guris. Da idade dos nossos, Cecília. Mas também soldados. Os derradeiros combatentes de Solano Lopes.
Nunca tinha cortado o pescoço de uma criança antes.

Tem de não olhar na cara delas, no olho delas, segura a cabeça, põe o joelho nas costas delas, é fácil, elas se dobram, aí a faca.

Indo.

Fui.

A festa de Vargas

A festa de Vargas, a festa de Vargas, a festa de Vargas. O mundo pegando fogo e não se fala de outra coisa no Rio de Janeiro, pensou, um tanto agastada, enquanto girava o dial do rádio, à cata de outras notícias sobre a movimentação de tropas alemãs na Áustria e da guerra civil na Espanha. "É a *Blitzkrieg*, a guerra total", comentara algum locutor, sem que ela conseguisse perceber se havia alarme ou júbilo em sua voz empostada.

Encontrou uma transmissão em inglês, língua que compreendia mal, menos ainda em meio aos estalidos de estática das ondas curtas. Entendeu algo sobre aplausos para Hitler em Viena e um bombardeio em Barcelona, apenas. Mexeu novamente no dial, à procura de mais informações, quando o marido entrou na sala de estar.

— Haroldo, por aqui a essa hora? Que surpresa.

Na semana seguinte do bafafá da frustrada tentativa de integralistas de tomar dois batalhões de infantaria, inconformados com seu alijamento do poder no Estado Novo, e apenas alguns dias depois de tanques e tropas nazistas entrarem em Viena sob a aclamação de milhares de austríacos, o assunto predominante no Rio de Janeiro era e continuava sendo o mesmo desde que os convites começaram a ser distribuídos. A festa de Vargas, a festa de Vargas, a festa de Vargas.

— Precisamos conversar. Desligue o rádio, Maria Helena.

A festa de Vargas nas conversas entre maridos e esposas bem e malcomportados. A festa de Vargas após a contrição nas missas e do fervor entre lençóis. A festa de Vargas em volta das roletas do Copacabana Palace e nas arquibancadas do campeonato de equitação na Hípica. A festa de Vargas entre os balcões de artigos importados do magazine Mesbla e as fileiras das confortáveis cadeiras forradas de vermelho do cine Metro Passeio...

—Aconteceu alguma coisa? Você está tão sério, Haroldo. É o avanço das tropas alemãs que...

— Não somos judeus nem espanhóis. Não temos razão para nos amofinarmos com o que se passa do outro lado do mundo.

— Não temos? Mesmo depois que os integralistas daqui tentaram...

— Seu pai já vai chegar, Maria Helena. Vamos esperar por ele para conversar. Desligue o rádio.

A festa de Vargas nos almoços em família na avenida Beira Mar. A festa de Vargas nas rodas de bridge e canastra da Tijuca a Botafogo. A festa de Vargas nos intervalos dos shows no Cassino da Urca...

— Meu pai? O que foi que...

— Vou esperar ele chegar para falar. Te contar. Desligue o rádio.

A festa de Vargas nos drinques na pérgula do Hotel Glória e durante as aulas de pintura em cerâmica. A festa de Vargas nos telefonemas das amigas igualmente desocupadas e durante visitas às obras de caridade da paróquia de Santa Zita. A festa de Vargas entre os *holes* dos jogos no Golf Club...

— Contar o quê?

— Deixa seu pai chegar.

—Aconteceu alguma coisa com minha mãe? Ela está doente? Teve um acidente?

A festa de aniversário de Getúlio Vargas na noite de 21 de abril, uma quinta-feira, dois dias depois da data correta, propositalmente coincidindo com a celebração do herói da Independência da pátria. Tiradentes e presidente unidos nem tão sutilmente nos salões em grande estilo europeu do Palácio das Laranjeiras.

— Não aconteceu nada com a sua mãe.

A festa de Vargas, festa, Vargas, festa, Vargas, sobrenome e substantivo atrelados e repetidos incessantemente, excitadamente, caceteavam sobremaneira Maria Helena Dantas de Farias, mesmo sendo indiferente, desprezando até política e políticos. O pai e o marido exceetuados, pois que, no final das contas, não são políticos na acepção estrita da palavra, vivem entre políticos, porém jamais exerceram cargos eletivos. Apenas coexistem e fazem negócios com essa gente.

— Se não é problema de saúde de minha mãe, então por que meu pai vem aqui?

Festa de aniversário e baile. Baile! A primeira-dama não gosta de dançar, Vargas nem deve saber, um estancieiro criado nos pampas, entre rebanhos, churrasco e chimarrão. Deve ser maquinação da Aimée Sottomayor, conjeturara Maria Helena, que misturava sentimentos de admiração e desdém pela paranaense nascida pobre, mas que encantara a sociedade carioca, seduzira e dominava o diminuto gaúcho que no ano anterior fechara o congresso, abolira a Constituição e agora ditava as regras do Estado Novo.

— Sua mãe está bem e falante. Como sempre. Estive com ela e seu pai hoje de manhã. Dona Clotilde haverá de nos enterrar a todos. O rádio, Maria Helena.

Aimée Sottomayor, claro. O baile deve ser ideia de Aimée. A bela amante de Vargas, casada com um cordato assessor dele, ambos detestados por dona Darci, vai afrontar uma vez mais a miúda esposa do presidente, surgindo alta, esguia e radiante, num vestido provavelmente trazido de Paris, a dançar e movimentar-se com elegância à la Ginger Rogers. Pobre dona Darci, refletiu Maria Helena sem sinceridade.

Pequenas vinganças 87

— Desligue o rádio.

A contragosto, pensando primeiro em talvez apenas baixar o volume, pelo tempo em que Haroldo e seu pai dissessem o que tinham a dizer, mas percebendo o ar contrariado do marido, a quem os mais mínimos aborrecimentos faziam com que seu semblante ficasse anuviado por horas, até mesmo um dia inteiro, até que voltasse a abrir o sorriso devastadoramente cativante que, Haroldo bem sabia, a conquistara desde o instante em que foram apresentados num almoço no Iate Clube e fazia Maria Helena feliz quando explodia em risada todas as vezes que o levava ao prazer final na cama, sem nunca se preocupar em atingir o êxtase ela mesma, Maria Helena pretendeu, sinceramente, obedecer e desligar. Mas retirou a mão que já havia levado ao dial.

— Minha mãe ligou de manhã. Não contou que você tinha passado lá.

— Ligou para falar o quê?

— Haroldo, sobre o que você acha que minha mãe, e todas as mulheres do Rio de Janeiro, estão falando?

Minúcias sobre os vestidos planejados, encomendados ou já em prova, pregas, bordados, drapeados, acessórios, joias de família a serem retiradas dos cofres, quem deve usar o quê, um blá-blá-blá incessante na capital da República. Mentiras, evidentemente. Nenhuma mulher da boa sociedade jamais, jamais, jamais revelaria o modelo e os complementos escolhidos para o Baile do Herói da Independência de 1938.

— Haroldo, conte logo a razão de ter chegado tão cedo e porque chamou meu pai. Não mandei a cozinheira fazer nada especial para o jantar e você sabe como papai é cheio de fricotes com comida.

Baile, no palácio rejeitado como residência por dona Darci. E, por isso mesmo, Maria Helena apostava, acintosamente escolhido pela amante de Vargas para uma festa dançante grandiosa, como a acanhada primeira-dama, uma dona de casa do interior gaúcho, jamais seria capaz de organizar.

— Dona Maria Helena, com licença, seu pai chegou — avisou a copeira, aparecendo à entrada da biblioteca. — Ah, doutor Haroldo, o senhor já está em casa.

— Por que papai não veio direto até aqui, Lindaura?

— Ele queria saber se o doutor Haroldo já estava em casa, antes de encontrar a senhora.

O baile de Getúlio, a festa de Vargas, a festa, o baile. Nós, brasileiros, somos...

— Mande entrar.

Monomaníacos, Maria Helena pensou, logo se corrigindo. Nós, cariocas, somos. Monomaníacos. Duvidava que no coração do sertão de Minas Gerais alguma cabocla, ou índia maruba às margens do rio Tapajós, pensasse, remotamente que fosse, na festa do presidente da República. E no vestido com que adentrará os salões do Palácio das Laranjeiras.

— Papai, que bom ver o senhor. Vou mandar colocar mais um prato na mesa e já vou me desculpando porque não sabia da sua vinda e não mandei fazer nada especial, mas o senhor janta conosco, é claro.

Ainda não se decidira pela roupa. Nem cor, nem modelo, nem tecido, nada. Como deve se vestir uma mulher à beira dos quarenta anos, na festa de aniversário do chefe de seu marido? Humberto era um bom servidor. Um bom fornecedor, ele preferiria ser chamado. Tal como o sogro, a quem se associara antes mesmo do casamento com Maria Helena. Entendiam-se melhor do que se fossem pai e filho, abocanhando juntos cada vez mais intendências do exército. Nacos obtidos com a inesgotável atenção de Haroldo às necessidades do presidente e sua família. E seus assessores. E seus ministros. Tornara o sogro rico. O sogro o adorava por isso.

— Não, Maria Helena, seu pai não jantará conosco.

Nacos que lhes deram aquela casa no Cosme Velho, o automóvel americano em que Haroldo circulava pelas avenidas da Capital Federal, do Palácio do Catete, ao Ministério da Guerra e ao escritório partilhado com o sogro num arranha-céus da Praça Mauá, nacos que pagavam o empregado que cuidava do jardim e do quintal, a cozinheira trazida da fazenda da família de Haroldo em Minas Gerais, a arrumadeira e a passadeira herdadas da sogra já falecida, o copeiro catarinense cada vez mais velho e surdo, a modista que lhe costurava modelos copiados de revistas estrangeiras, a conta sem limites na Livraria Briguiet-Garnier da rua do Ouvidor e na Casa Canadá de Modas, na rua Sete de Setembro, a moderna rádio vitrola americana que ornava a sala de estar e lhe dava o prazer de ouvir músicas e notícias de todas as partes do mundo enquanto permanecia confinada a seu confortável mundo de esposa e dona de casa irreprochável.

— Seu pai veio aqui apenas para lhe dar apoio.

Baile!, falava para si mesma, enquanto se esforçava para não demonstrar enfado quando o tema brotava, e brotava sempre, aonde quer que fosse, o baile, com a exigência de traje de gala vinda de um estancieiro sempre metido em bombachas. E que, rechonchudo e pequenino, mal conseguia mover as perninhas curtas.

— Apoio? Por que meu pai veio à nossa casa, no meio da tarde de uma quarta-feira, para me dar apoio?

Só mesmo uma mulher de ambição desmedida e estômago imbatível como Aimée Sottomayor para manter um *affaire* desses.

— Sente-se, minha filha.

Maria Helena sentou-se.

"Os detidos na sexta-feira passada, 11 de março", um locutor comentava no rádio, "formam apenas uma pequena parte das hordas integralistas…"

— Eu, sua mãe, Haroldo, todos queremos o seu bem, você sabe. Nós amamos você. E sabemos que você nos ama. E que você quer o nosso bem.

"Os serviços de segurança da Marinha e do Exército advertem que se trata de uma ameaça à paz nacional e estimam em mais de um milhão e duzentos mil o número de integralista nas vinte e duas províncias do Brasil, informação essa contida em jornais e periódicos do próprio partido dos Camisas Marrons liderado por Plinio Salgado."

Haroldo foi até o rádio e desligou-o.

— Pai, por que está aqui? Por que o senhor mandou eu me sentar e está dizendo que me ama e que eu amo vocês, e que...

— Nosso casamento acabou, Maria Helena.

— Haroldo conseguiu que o Cardeal anulasse o casamento de vocês, minha filha — o pai adicionou imediatamente, como se genro e sogro tivessem ensaiado, apondo, igualmente sem delongas. — Porque não foi consumado.

— Como não foi consumado, papai?

— Vocês não tiveram filhos.

— Mas tivemos relações carnais. Temos, papai. Frequentes. Não temos, Haroldo?

— Não tivemos filhos, Maria Helena. É importante para mim ter filhos.

— Filhos são o objetivo de um matrimônio, minha filha.

— Você nunca conseguiu levar uma gravidez a cabo, Maria Helena.

— Com a chancela da Igreja Católica Apostólica Romana, Haroldo está livre para se casar com a jovem que está grávida dele.

— *Laurita.*

— Sobrinha-neta de Vargas. Você quer o nosso bem, não quer, minha filha?

Maria Helena desviou os olhos do pai para o marido, do marido para o pai, do pai para o marido, e novamente de um para outro. Duvidou que tivesse ouvido direito.

— Minha filha, Vargas é tudo para nós, é o dínamo que movimenta nossa firma e você ainda é jovem. Quase jovem. Ainda tem muitos anos pela frente, para aproveitar a vida. Com a vantagem de nunca ter tido filhos.

O marido e o pai eram advogados, Maria Helena refletiu, o pai e o marido neste momento movimentavam-se diante dela como bacharéis apresentando um caso diante de jurados.

— O que durante anos foi uma frustração para você, minha filha, um aviltamento, a única mulher da família que não conseguia ter filhos, agora se mostra uma conveniência. Eu diria, minha filha, que você é uma sortuda.

Seu pai disse mesmo que ela era uma sortuda?

— Livre de filhos, livre das monótonas obrigações de cuidar de uma família, um marido e um lar, e com a pensão que Haroldo me assegurou que lhe dará, você poderá viajar, comprar roupas, visitar as amigas, você não vai perder nada do que tem e ainda vai ter sua liberdade.

— Eu lhe garanto, você vai continuar tendo a boa vida que sempre teve, Maria Helena. E merece, claro.

— Pode tomar um navio e visitar a Europa. Você sempre quis conhecer a Europa. Paris, Roma, o museu do Louvre, a…

— Papai, o senhor sabe o que está acontecendo na Europa neste momento?

— Conflitos internos, minha filha, acertos de fronteiras, tudo passageiro. Logo a bela Europa estará novamente em paz. E você estará fazendo compras no Champs-Élysées. Visitando o museu do Louvre. A Torre Eiffel. Ou espere um pouco. Você nem vai precisar mudar-se imediatamente desta casa, conforme combinei com seu marido.

— Ex-marido, doutor Dantas.

— Você pode vir morar comigo e com sua mãe, no mesmo quarto de quando era solteira.

— Ou, se preferir, Maria Helena, eu lhe cedo temporariamente aquele estúdio que compramos como investimento em Copacabana. Até você alugar seu próprio apartamento.

— Mas como mulher separada, isto é, solteira, acho mais seguro para sua reputação voltar a morar comigo e sua mãe.

— Não precisa deixar esta casa imediatamente.

— Não, absolutamente não, minha filha.

— Você tem um mês inteirinho para arrumar suas coisas, Maria Helena. Até uns dias mais se for necessário. Naturalmente, os móveis e objetos ficam. Talheres, louças, roupa de cama, tudo fica. Você não precisará de nada disso na casa de seus pais. Assim Laurita, eu e o bebê poderemos nos instalar aqui depois da festa de Vargas. Para Laurita ter uma gestação tranquila e bem estruturada. Combinado?

Maria Helena teve certeza de que estava ouvindo errado.

Não estava.

— Ah, a rádio vitrola, evidentemente, também fica.

A espiral do ocaso social de Maria Helena, agora apenas Dantas, seguiu o inexorável percurso reservado a mulheres incompetentes em atender às naturais demandas de seus cônjuges, mais interessadas em se atualizar sobre a guerra civil na Espanha ou o levante de judeus em Varsóvia do que com as imprescindíveis manigâncias para manterem-se atraentes e cumpridoras das obrigações naturais de uma boa e dedicada esposa brasileira.

Amigas e conhecidas deixaram de convidá-la e de aceitar convites seus, passaram a não atendê-la ao telefone, seu grupo de carteado se desfez, o de orações e trabalhos assistenciais acabou, esvaneceram os horários vagos para jogos de golfe e tênis, a Casa Canadá lamentou não ter disponibilidade para servi-la, a cozinheira-banqueteira herdada da família de Haroldo se demitiu, a passadeira sumiu. Na missa e na Confeitaria Colombo as pessoas se levantavam quando Maria Helena chegava e finalmente a modista mandou um recado, nem mesmo um bilhete, por um moleque de rua, avisando não ter mais tempo, nem tecidos, nem aviamentos, nem funcionárias para confeccionar o quase futuro vestido para a festa de Vargas.

Restaram na casa do Cosme Velho o jardineiro Nuno e o copeiro Astolfo cada vez mais alquebrado.

Por um tempo limitado, conforme alertaram seu pai e Haroldo.

A decisão de suicidar-se, em vez de sofrer humilhações e ridicularia, passou por hipóteses de ações diferentes.

Jogar-se do vigésimo segundo andar do prédio mais alto do Rio, o edifício A Noite, onde ficava o escritório da Dantas-Farias Associados Comércio & Exportação, pareceu-lhe a segunda melhor opção. A primeira, pular de uma das janelas do escritório do pai e do marido, a opção ideal para um suicídio que lhes trouxesse opróbrio e remorso, descartou porque ficava no segundo andar, o que era ruim quando se desejava uma morte imediata. Pés, pernas, quadris e costelas quebradas, uma vida para sempre entrevada e confinada a uma cadeira de rodas era o máximo que conseguiria.

A possibilidade concreta de se esborrachar na calçada, uma imagem horrorosa, o corpo exposto entre as prostitutas, estivadores, *speakers* da Rádio Nacional e fãs de programas de auditório frequentadores da Praça Mauá, também influenciou Maria Helena a trocar o salto do edifício A Noite por jogar-se diante de um bonde, morte escolhida por tantas mulheres traídas no Rio de Janeiro. Justamente por isso cortou essa hipótese. Não era uma qualquer. Era incabível entregar-se a um final indigno da angústia de uma mulher de sua categoria.

Cogitou meter uma bala no coração, mas tinha ojeriza de armas. Cortar os pulsos e esvair-se dentro da banheira podia ser o ideal, não fosse seu horror a sangue. Restava-lhe, pois, o clássico suicídio por envenenamento, como Cleópatra. Não por uma picada de áspide, evidentemente, que nem as havia no Brasil. Seria veneno de rato, pronto. Eficiente e facilmente disponível em qualquer armazém do Rio. Misturado a um refresco de groselha e mel, para lembrar a doçura de sua infância.

Vestir-se-ia, sobriamente, beberia de um só gole a taça da doce morte, deitar-se-ia no leito conjugal e deixaria que sua vida se esvaísse.

Um fim tranquilo, desprovido de agonia. Como bem merecia uma mulher cuja existência foi dedicada à pacífica vida doméstica, ao prazer e à tranquilidade do homem que a escolhera para companheira, lhe dera o próprio nome e a honra ao tomá-la como esposa. Fora feliz, fora amada, fora desejada. Quantas mulheres poderiam deixar a vida sentindo-se tão abençoadas quanto ela, Maria Helena Dantas de Faria?

Mas não poderia ir pessoalmente ao armazém, deu-se conta.

Pois, se lá nunca fora antes, arriscava despertar suspeitas, poderia levar o português dono do Empório Vieira a telefonar para seu pai ou seu marido, seu ex-marido, e um deles terminaria por impedir o que chamariam de tresloucado gesto. Dupla humilhação.

Mandaria o jardineiro ou o copeiro comprar.

Na cozinha encontrou uma única pessoa, nem Astolfo, nem Nuno, uma desconhecida magra e alta lavando os pratos, de costas para Maria Helena. Falou-lhe energicamente:

— Quem é a senhora?

Não houve resposta

— O que a senhora está fazendo dentro da minha casa? Na minha cozinha? Quem é a senhora?

Tal como estava, a desconhecida continuou, ignorando totalmente as interpelações.

Tentando manter-se calma, Maria Helena elevou a voz e repetiu as perguntas. Não obteve reação. Perguntou mais uma vez ainda, agora arreliada, imaginando se seria possível a audácia da nova dona da casa, a tal impregnada Selminha, ou Laurita, ciente de que aquela ainda era a sua casa até o final de abril e continuaria a sê-lo até o dia após o maldito baile, mesmo que para isso precisasse botar para fora, escandalosamente, alguém enviado pela sobrinha-neta de Vargas, só porque engravidara de seu marido, seu ex-marido, sentindo-se no direito de colocar ali dentro uma mulher desconhecida, atrevidamente ignorando suas perguntas.

Ia pegá-la pelos ombros quando surgiu o copeiro.

— Minha sobrinha é surda e muda, dona Maria Helena. Eu trouxe de Santa Catarina para me ajudar. Já ia avisar para a senhora, mas...

Mas havia dias ela estava trancada no quarto, reconheceu, sentindo-se miserável e cega para a mendacidade maquinada às suas costas, chorando de raiva e frustração, recusando-se a comer e tentando imaginar a maneira mais digna de pôr um fim àquele tormento vexaminoso, sem que nenhum empregado ousasse interromper sua escalada de amargor.

Maria Helena ia mandar Astolfo chamar o jardineiro para comprar o veneno quando a sobrinha do copeiro se virou, percebendo o tio a conversar com alguém.

Era jovem, de cabelos, olhos e pele cor de palha, um rosto de traços agradáveis, fáceis de esquecer. Nem bela nem feia, pensou Maria Helena, conforme a moça inclinava a cabeça em cumprimento. Tinha até uma certa altivez, lhe ocorreu, como, lhe veio à lembrança, parecida com, tentou lembrar-se, apresenta certa parecença com, se esforçou, buscando na memória a imagem que vira em uma revista francesa sobre nobres exilados em Paris, fidalgos de, qual era o país mesmo, como se chamava a aristocrata... Tcheca... Não, polonesa... Isso, uma baronesa da Polônia chamada... chamada... esses nomes poloneses são impossíveis, como era o nome da... Condessa, se recordou. Karolina! Condessa Karolina alguma-coisa que não lhe vinha à mente naquele momento. Uma exilada polonesa, levemente masculina. Ora, ora, levemente masculina, repetiu para si mesma, analisando a linha do maxilar eslavo da sobrinha do copeiro, enquanto uma avalanche de ideias, e só poderia mesmo denominar de avalanche, lhe ocorria sobre a melhor maneira, a mais vigorosa maneira, a mais digna, a mais inesperada, a mais estrepitosa maneira de acabar com o degradante tormento que Haroldo lhe impusera. Um veneno. Mas não para si mesma.

— Quem mais sabe da chegada da sua sobrinha?

— Ninguém, dona Maria Helena.

— Nem meu pai nem Haroldo?

— Ninguém, dona Maria Helena. Ela chegou hoje de tarde.

Maria Helena aproximou-se da jovem pálida, atenta a seu descorado aspecto absolutamente europeu, enquanto se perguntava: por que eu deveria ser definida pela aceitação ou rejeição de um homem? Primeiro um pai, depois um marido. Eles é que me definem? Eles têm o direito de moldar como vou viver? Onde vou viver? Ou deixar de viver? Meu valor é minha capacidade reprodutora? O que sou? Um apêndice?

— Ninguém sabe da vinda de sua sobrinha, Astolfo?

— Não, senhora, dona Maria Helena.

— Ótimo. E ninguém precisa saber.

Suicídio, não. Não, não, mil vezes não. Não sou um apêndice. Eu existo. Eu penso. Eu tenho capacidade de agir.

— Astolfo, telefone para aquele seu amigo costureiro que faz as fantasias de luxo que você usa escondido no Carnaval, como aquela linda Rainha Cristina da Suécia, e aquela outra de princesa das mil e uma noites, cheia de véus e babados, e mande que venha aqui.

Haroldo não merece que eu me suicide.

— Sim, Astolfo, eu sei dos seus travestismos. E não me importo. Telefone agora mesmo para seu amigo costureiro.

Nenhum homem merece que uma mulher se mate por ele.

— Diga ao seu amigo costureiro para ele vir aqui imediatamente. E que traga amostras dos tecidos mais preciosos que tiver.

Nenhum homem me define.

* * *

O longo de musselina drapeada azul-cerúleo, de um ombro só, com cintura marcada e saia esvoaçante em três tons diferentes de azul, do quase branco ao mais profundo marinho, ornado com longa echarpe do mesmo tecido rebordado de canutilhos e miçangas, levantou ohs e ahs quando Maria Helena Dantas, ex-Maria Helena Dantas de Farias, surgiu no salão do Palácio das Laranjeiras.

Mas nenhuma exclamação foi mais ruidosa, desmedida e involuntariamente estrepitosa do que a provocada pela mulher esguia e majestosa como uma rainha sueca que Maria Helena levava pela mão, trajando um vestido de veludo de seda vinho, cor que destacava sua pele alva, de mangas compridas, pudicamente fechado na frente até a altura do aristocrático pescoço longo, porém expondo, em vertiginoso decote a lhe descer abaixo da linha da cintura, a nudez de suas costas de carnes rijas como as de uma amazona.

Ao chegar junto ao presidente e à primeira-dama, Maria Helena Dantas passou a mão pela cintura da mulher alva, puxou-a para junto de si, sorriu e apresentou sua acompanhante.

— Doutor Getúlio, dona Darci, esta é a condessa Karolina Dunin-Barkowski, que eu tive a felicidade de conhecer na minha recente viagem a Paris.

Maria Helena percebeu, com prazer, o silêncio que se fazia no salão, todos estupefatos e curiosos para ouvir o que dizia e no aguardo da reação do anfitrião do Baile da Independência àquele descaramento lésbico. Entre os que a observavam, Maria Helena viu, vermelho de vergonha e ira, impecável como um Cary Grant tropical em seu *summer jacket* confeccionado sob medida pelo franco-belga Laurent Delarue na melhor alfaiataria da cidade, seu ex-marido Haroldo de Freitas, ao lado de uma jovem grávida.

Vargas olhou de alto a baixo as duas mulheres enlaçadas, sorriu levemente e falou, alto, no tom discursivo de sempre, estendendo a mão para cumprimentá-las, a frase que estaria estampada pelos dias e semanas seguintes em todos os jornais, revistas e mexericos da Capital

Federal, até muito depois do nascimento da primeira das cinco filhas de Laurita e Haroldo de Farias, lembrada até pelos novos tempos de dona Carmela e do General Dutra no Palácio do Catete, após o fim da Segunda Guerra Mundial.

— Fico contente que a senhora tenha vindo, dona Maria Helena. Condessa Karolina, bem-vinda ao Brasil.

Maria Helena traduziu em francês a frase de Getúlio para a mulher a seu lado, sabendo que a sobrinha de seu copeiro apenas continuaria a fitá-la com olhos amorosos e porte fidalgo, conforme a instruíra cuidadosamente nas semanas antes da festa de Vargas, pois que a muda Elizabeth Hansen nada ouvia desde o nascimento, no interior de Santa Catarina.

Com uma pequena inclinação do tronco, como se estivesse na corte de Varsóvia, Maria Helena afastou-se de Vargas, puxando sua condessa pela mão, mas não sem antes desejar:

— Feliz aniversário, presidente.

AVENIDA BRASIL,
RIO DE JANEIRO,
SÁBADO, 10H15

Pai?

Que barulho é esse?

Vem dali, pai.

Dali, ó.

Daquele lado de lá.

Ali.

Quem são aqueles homens ali, pai?

Aqueles, correndo.

Ali, entre os carros.

Por que todos têm armas nas mãos, pai?

Por que estão correndo entre os carros?

Estão vindo para cá.

Para aqui, onde estamos.

Por que estão correndo pra cá, pai?

Por que você tá fechando os vidros do carro?

Por que aquele homem ali tá apontando o revólver pra cá?

Ele tá atirando, pai?

É tiro, isso?

Por que você se abaixou, pai?

Por que a minha mãe se abaixou?

Por que vocês estão gritando para eu me abaixar?

Que zumbido é esse, que abriu esse furo na porta?

Olha, pai, abriu um buraco.

Mais zumbido.

Outro.

Mais outro?

Muitos.

Eu não quero me abaixar.

Eu quero ver o que tá acontecendo.

Eles tão puxando as pessoas pra fora dos carros.

Ali, ó, pai, bateram com o revólver na cabeça daquela mulher, ali, ó.

Não quero me abaixar, já disse, quero ver.

Aquele homem ali tá apontando aquela arma comprida ali para o nosso carro.

Ele tá dando tiros.

Abriu um buraco aqui em cima.

Olha, abriu outro buraco.

Aqui do meu lado.

Não, eu não quero me abaixar.

Tá bem, tá bem, eu vou me abaixar.

Pronto, já abaixei.

Olha, furou aqui no banco de trás.

Olha aqui, pai.

E esse buraco aí?

Eles todos tão dando tiros?

Quero ver.

Só um pouquinho.

Tiros, né?

Abriu um buraco no vidro da janela do meu lado.

Bem aqui.

Abriu um buraco perto de mim.

Agora não tô vendo lá fora, porque tô abaixado.

Só ouvindo.

Mais barulho.

Quanto barulho.

Tiros, tiros.

Tiros.

Um tiro.

Ai.

Ai!

Ai...

Ai, pai.

Aqui, pai.

Aqui!

Nas costas!

Aqui nas costas, pai.

Ai.

Pai.

Arde.

Ai.

Dói.

Aqui do lado.

Pai!

Você tá me ouvindo, pai?

Mãe?

Tá me ouvindo?

Vocês tão me ouvindo?

Ai, ai, ai.

Aqui, arde, dói, aqui do lado.

Pai?

Por que você está me olhando assim?

Fala comigo.

Por que vocês não falam comigo?

Eu tô falando que aqui do lado tem uma dor de uma coisa que entrou aqui do meu lado, que entrou aqui e está ardendo aqui, ardendo, pai.

Tá ardendo aqui dentro, tá ardendo muito.

Ai, que dor funda, pai.

Ai, como queima.

Queima muito.

Arde muito.

Dói muito.

Ai.

Ai, pai.

Me ajuda, pai.

Manda essa dor parar.

Manda essa dor parar, pai.

Manda esses homens pararem.

Abre o vidro, tô com calor.

Não, não abre, tô com frio.

Com calor.

Aqui dentro de mim arde, mas tô sentindo frio.

Muito frio.

Eu tô falando com você, pai.

Pai? Pai?

Tá doendo, pai.

Aqui do lado.

Do meu lado.

Aqui.

Tá queimando, queimando, doendo e queimando, cortando.

Pai.

Pai.

Mãe? Por que você tá gritando, mãe?

Por que você tá com medo de me pegar, aqui no banco de trás do carro?

Fala comigo, mãe.

Eu tô falando com você, mãe.

Para de gritar, mãe.

Pai?

Por que a sua mão tá suja de sangue, pai?

Você tá todo sujo de sangue.

Tá sujo de sangue aqui no meu banco, também.

Ih, o sangue tá se espalhando aqui no meu banco.

Tem sangue ali no assento da mãe.

Não grita, mãe.

Suas mãos também tão sujas, mãe. De sangue. E seus braços, também. Mãe?

Pai?

Tá ficando tudo escuro, pai.

Tá ficando tudo escuro, mãe.

Não grita, mãe.

Para de gritar.

Para de chorar.

Pai, pede pra mãe parar de gritar.

A dor tá passando.

A dor tá sumindo.

A ardência aqui do lado, não tem mais.

Tá escuro, só isso.

Não estou enxergando nada.

Muito escuro.

A dor passou. Não sinto mais dor. Nenhuma dor. Nada. Nem ardência.

Não sinto mais.

Não.

VÊNUS EM TRÂNSITO

Saiu da praia sem se fazer notar pelos parceiros do futevôlei, colocou o capacete antes de subir na moto, passou pelo quiosque de comida natural no final do calçadão, tomou um açaí, rumou para a primeira aula particular de ginástica daquela terça-feira e em minutos estava em frente ao prédio sem porteiro de Gianna. Tirou do bagageiro o uniforme de personal, vestiu-o por cima do sungão, trocou a sandália de borracha por um tênis, tocou o interfone e subiu os três andares de dois em dois degraus.

Gianna já estava à porta, vestida do pescoço aos tornozelos com duas peças de malha preta, descalça. Estendeu a mão formalmente, convidou-o a entrar. Atrás dela, dispostos no piso acarpetado da sala, um colchonete, um par de halteres, um par de caneleiras. Bem em frente a ela, no teto ao lado da escada, havia uma câmera de vigilância recém-instalada pelo síndico, preocupado com a segurança de seu condomínio não tão distante de uma favela. Ele entrou, ela fechou a porta, perguntando-lhe se aceitaria uma água ou um suco.

Transaram sobre o colchonete, ela sem despir a parte de cima da roupa, em seguida Gianna fez um expresso para Diego, comentou alguma coisa sobre se o adicional no salário do marido pelo trabalho em novo campo de pré-Sal da Petrobrás valia a pena. O aviso de mensagens do smartphone de Diego tilintou duas ou três vezes. Ele desligou o som.

Transaram de novo, dessa vez despidos, ela foi à cozinha beber uma água de coco com *whey protein*. Ele avisou que tinha outra aula para dar, pediu para tomar uma chuveirada, banhou-se rapidamente no box do quarto de empregada, vestiu-se e despediu-se à porta. Ela disse um obrigado, ambos perfeitamente inimputáveis do que quer que a câmera do teto registrasse.

Só quando já estava de novo na rua, antes de subir na moto, religou o som do smartphone, enquanto lia as quatro mensagens seguidas de Bruna, a próxima cliente, que ele não compreendeu (*Não vem* OG *desde cedo vizinho cancela depois gnt fala*) e outra de alguém registrada nos endereços como Fê (*Plantão tranquilo venha*). Fernanda? Felipa? Qual das duas Fês poderia estar de plantão àquela hora? Felipa era dermatologista, e dermatologistas não fazem plantão. Fernanda é advogada, seria esquisito chamar para encontro no fórum ou numa delegacia. Respondeu para Fê com uma pergunta que poderia esclarecer de qual das Fês se tratava (*Onde?*) e duas palavras para Liana (*Não entendi*). O celular tocou em seguida.

— Oi, Bruna — ele se adiantou. — O que significa "Não vem OG"?

— Estava sem as lentes de contato. Digitei errado. Era para dizer "Não vem PF". A PF estava aqui no prédio desde cedo por causa do meu vizinho da cobertura.

— Polícia Federal?

— Sim. Sabe o meu vizinho que foi Secretário de Saúde? Que namorou aquela atriz da Globo? Levaram ele, computadores, celulares, a coleção de relógios, pacotes de dinheiro, euros, dólares e não sei o quê mais. Uma dessas operações da Lava Jato.

O edifício de doze pavimentos em que Bruna morava, em um apartamento de andar inteiro, ficava em frente à praia, guardado 24 horas por seguranças armados. Logo acima dos dois pisos de garagem estava montado um salão de ginástica mais completo e com aparelhos melhores do que a maioria das academias da cidade. Todo envidraçado, com vista para o mar e o calçadão.

— Se a PF já foi embora, vamos treinar?

— Ainda tem repórteres no calçadão. E câmeras de PF. Fico nervosa com essa gente rondando por aqui. Melhor transferirmos nossa ginástica para amanhã. Mesmo horário, ok?

Estava com a agenda cheia no dia seguinte, mas respondeu com um vago *tudo bem,* porque nunca se deve decepcionar clientes, era sua crença, menos ainda quem paga praticamente o dobro para escolher o horário mais conveniente a cada dia, às terças e quintas pela manhã, à tarde às segundas, quartas e sextas, cinco dias na semana, o ano inteiro, inclusive feriados, reservados e pagos mesmo quando Bruna saía em viagem, e dessas sempre lhe trazia *regalitos,* como dizia com seu invencível sotaque argentino. Eram tênis, vitaminas e suplementos — alguns permitidos, outros nem tanto, das idas frequentes aos Estados Unidos e Nigéria via Londres ou Milão, acompanhando o marido diretor de uma construtora com negócios fora do Brasil.

O dia seguinte, quarta-feira, começará meio complicado, pensou Diego. A Bruna de manhã vai acavalar outros compromissos. Tinha de arranjar uma desculpa plausível para alterar o horário da senhorinha de duas vezes por semana, a septuagenária, como ela costumava dizer. Dona Eunice era viúva de um famoso — segundo ela — correspondente em Paris de uma revista semanal brasileira numa época em que Diego nem era nascido. Ela sempre entremeava os exercícios com histórias estreladas por personagens que teria conhecido ao acompanhar o marido em entrevistas, nomes que depois Diego procuraria no Google. Willy Brandt e Günter Grass, Christine Keeler e John Profumo, Aldo Moro e Giulio Andreotti, Moshe Dayan e Yasser Arafat, Daniel Cohn-Bendit e Charles De Gaulle, Mário Soares e Cavaco Silva, Alain Delon e Mireille Darc (que Diego achou idêntica à argentina Bruna).

Em duplas ou individualmente, tinha sempre encrenca, intriga, drama e más notícias nas lembranças da viúva do jornalista. Diego achou curioso, depois de tornar rotina suas buscas no Google, quanta gente importante numa época acabava por não significar mais coisa nenhuma algum tempo depois, até sumir para sempre dos noticiários. Sobre os acontecimentos em que estavam envolvidos, passava batido. Se havia algo que achava um porre e nunca o interessara era o noticiário, principalmente a parte sobre política e economia. Eram só manchetes, nada daquilo fazia diferença na vida das pessoas.

Reorganizaria a agenda da quarta-feira antes de telefonar para dona Eunice, que detestava WhatsApp e redes sociais, embora passasse horas distraída no Facebook, como tantos da geração dela.

Desligou e procurou pela mensagem esclarecedora da Fê Dermato ou da Fê Advogada. Não havia de nenhuma. Tinha a próxima hora livre. E a seguinte, quando a maioria da humanidade se sentava e almoçava. Não ele. Não tinha paciência para isso. Nunca teve. Desde criança. Duas horas. Parado. Que saco. Duas horas sem fazer nada. Detestava ficar sem fazer nada. Logo começavam a pipocar perguntas na cabeça, inquietantes dúvidas sobre tudo, tudo que nem sabia bem o que era, um incômodo vago como uma náusea ou o anúncio dela, e a ele só acalmavam respostas, fossem quais fossem as perguntas. Corpo parado, cabeça vazia. Cabeça vazia se enche de dúvidas. Cabeça vazia tem de ser ocupada. Ocupar-se era a atitude mais proveitosa para uma vida saudável, física e mentalmente. E nada ocupava e esvaziava melhor sua cabeça inquieta do que transar. Boa hora para ligar para Camila.

—Ah, oi, oi, Daniela, oi, querida — Camila atendeu com a gentileza de uma vendedora de butique.

Daniela era como o chamava quando tinha gente por perto.

—Tenho duas horas. Vamos nos ver?

—Ah, Dani, querida, não vai dar para te encontrar no shopping hoje.

Shopping era o código para um motel em Botafogo.

— Quem está aí perto? Seu marido?

— Felipe veio almoçar em casa, uma ótima surpresa. Sim, digo, sim, digo para o Felipe que você está mandando um beijo. Ele também manda outro para você. Tchau, querida, amanhã a gente se fala. — E encerrou a ligação.

Aquilo exigiria mais reorganização no dia seguinte. Bruna no horário de dona Eunice, dona Eunice talvez uma hora mais cedo, ou uma hora mais tarde, Camila no motel de Botafogo na hora do almoço, além dos ajustes para a clientela habitual de quarta-feira. Melhor que sexta, o dia da semana favorito da sempre arisca e titubeante Carol, funcionária de uma estatal a quatro quadras do motel. Sexta é o pior dia para ir ao motel na hora do almoço. Ficava lotado dos colegas de trabalho de Carol que transavam entre si antes do fim de semana com os respectivos maridos e esposas.

Foi então que lhe ocorreu a astróloga. Ela atendia nos horários mais estapafúrdios, morava ali perto e era possível que estivesse livre. Começou a digitar o nome na busca de seu celular.

Nikki, como ele, estava sempre disponível para transar. "Você e eu temos Vênus em trânsito", ela lhe disse uma vez, entre cochilos depois de uma tarde suarenta em dezembro, ou em alguma manhã abafada antes daquela tarde de domingo, pois a italiana tinha ojeriza a ar refrigerado e ventiladores, e assim passara a chamá-lo. "Vivemos transitando de amor em amor", ela continuou, "e isso afeta nossa capacidade de nos relacionarmos com os outros no nível íntimo e social." "Isso é bom ou ruim?", Diego perguntara, mais por falta de assunto do que por interesse genuíno. "Não existe bom nem ruim em astrologia", ela esclarecera. "Mas não conte com amores permanentes em sua vida." Ah, ok, ele comentou simplesmente. "E coitada de quem quiser você como amor constante", arrematou Nikki.

Não encontrou o número da astróloga. Nem com um, nem com dois kás. Mas sabia que tinha. Já haviam trocado mensagens antes. Se bem que era sempre ela quem iniciava a conversa.

Nenhuma das Fês tampouco se comunicara.

A astróloga, que pena, morava tão perto dali. E estava sempre tão a fim. "Esses nossos encontros são um tipo de amor sem possessividade, liberto e verdadeiramente democrático, bem de quem tem Vênus em trânsito, como você e eu", ela comentara numa outra vez pós-transa, ao lhe dar seu mapa astral de presente, desenhado em várias cores num papel irregular, rígido como uma cartolina, que ela mesma confeccionara. Diego prometeu ler, mas esqueceu-o no bagageiro da moto. Quando o reencontrou, depois de uma chuvarada, tinha voltado a ser a polpa de antes da artesania de Nikki.

Podia retornar ao futevôlei, considerou. As duplas e quartetos se revezavam o dia todo nas areias da praia do Leblon, e ele era um competente parceiro sempre convidado para entrar nos times.

Ou poderia dar um toque para Camila.

Àquela hora a filha teria sido deixada na creche e havia chance de Camila estar resolvendo pendências pela internet antes de sair para o escritório de direito criminal no Centro. Tempo suficiente para uma trepada rápida e sem muita invenção de romance, como Camila também preferia durante os dias de semana, pois assim não atrasava suas atividades profissionais. Do apartamento dela, Diego daria um pulo no Sushi-on-the-Go e forraria o estômago com um combinado básico de tekamaki e sashimi, antes da cliente de duas da tarde.

Ou poderia se aquietar de forma direta, com zero invenção de romance, via HappyNow.

Abriu o aplicativo de encontros, selecionou as indicações de sexo em bairros próximos, clicou em uma foto, depois outra, mais algumas, até limitar a busca a duas sem Photoshop exagerado, ambas interessadas em transar naquele momento. Mandou mensagens com foto para as duas. Nos perfis delas apareceu o sinal de que haviam lido. Só uma respondeu.

Alexia, provavelmente nome apenas para uso no HappyNow, morava com dois gatos sonolentos num térreo escuro em um edifício sem porteiro, entre Ipanema e Copacabana. Era mais velha do que parecia na foto, como é comum em sites de encontros, mas sarada e disposta a se satisfazer e, por extensão, a Diego (que deu o nome de Gustavo). A transa durou tempo suficiente para acalmá-lo, ele tomou outra chuveirada e passou no sushi bar conforme planejara.

O celular vibrou, o som desligado como de hábito. Mãe/Congresso, indicava o visor. Por que sua mãe ligaria de Brasília, em plena terça-feira? Não vivia dizendo que estava sempre afogada de trabalho no arquivo do Congresso Nacional e que por isso nunca lhe sobrava tempo para ir vê-lo no Rio? Que mal sobravam algumas horas para cuidar da nova casa perto do lago, do novo marido, e de seu meio-irmão quinze anos mais novo? Deixou vibrar, até Mãe/Congresso desligar. Podia aproveitar a quase uma hora restante para um breve crossfit ou algo assim.

Subiu na moto, rumou para a academia. O telefone vibrou de novo, parou, voltou a vibrar, parou e então tremeu mais um par de vezes. Cinco ligações, contou depois de estacionar em frente à Filial 8 da BBB/BrazilBodyBest. As quatro primeiras eram de quem imaginava. Duas registradas como Mãe/Congresso, duas de Mãe/Celular. Dona Deise, como Diego a chamava, um tanto para irritá-la ao omitir a ligação familiar, outro tanto porque assim lhe vinha à cabeça quando lembrava da imagem da mãe nas raras vezes em que lhe foi permitido visitá-la no Congresso Nacional, de salto alto, roupa de executiva e pasta de couro preta pelos corredores.

Dona Deise deve estar ociosa hoje, imaginou, para ligar tão insistentemente. Se chamasse de volta, ela se espicharia em um bate-papo interminável, derramando nomes e fofocas sobre celebridades de Brasília que Diego não tinha ideia de quem fossem, louvando as proezas literárias do meio-irmão adolescente, discorrendo com indisfarçável orgulho sobre as atividades do terceiro marido no Palácio do Planalto, visionário aliado de primeira hora de um então candidato à presidência, deputado inexpressivo por duas décadas, com baixa intenção de votos, ridicularizado pela imprensa, porém aplaudido freneticamente e chamado de Mito quando aparecia em público.

A quinta ligação registrava Nicoletta outubro 2019.

Nicoletta era Nikki, a astróloga, claro, por isso não achara o nome dela: Nicoletta, com dois tês, nada de Nikki com dois kás, outubro o mês em que se conheceram no... show de alguém na... no Sambódromo? Numa balada em... Vargem Grande? Não. Numa fila de lanchonete no Rock in Rio? Não. Na plateia, dançando na plateia de Christian Liu, no mesmo Rock in Rio. Ela dançava. Nikki se movia suavemente, meio fluida, parecia, meio na contrabatida do som do DJ, meio como se nadasse naquele oceano de gente já endoidecida. Foi naquela noite que Nikki lhe disse que tinha Vênus em trânsito, se lembrava agora. Que os dois tinham. Não, não, não foi na mesma noite. Foi depois. No tatame dela, depois de acordarem. Na manhã seguinte.

O telefone vibrou de novo: Mãe/Celular apareceu no visor. Estava sem paciência nem tempo para falar com ela. Digitou uma mensagem: *almoçando com amigos depois ligo*. Dona Deise saberia que não era verdade e a intenção do filho era essa mesmo, uma mentira deslavada para avisar que não atenderia. A mãe conhecia os hábitos do filho mais velho, sabia que Diego nunca almoçava, que não tinha paciência para sentar-se numa mesa e comer, nunca teve, desde criança, muito menos ao lado de outras pessoas, quanto mais amigos, pois que não tinha nenhum, nunca tivera. Uma mãe conhece o filho. Mesmo que viva a mais de mil quilômetros de distância. Mil cento e sessenta, corrigiria seu pai, professor de matemática em alguma escola secundária da Capital Federal.

Em seguida mandou uma mensagem para Nikki: *Oi*.

Nikki respondeu imediatamente: *Oi*.

Diego consultou a hora, antes de digitar: *Está livre às 5?*

Nikki: *Consultas marcadas até 7. Depois Mariah chega.*

Mariah era uma das namoradas de Nikki. Sua Vênus transitava por muitos céus, como deixara claro desde aquela primeira manhã, depois do Rock in Rio.

Posso dormir aí?, Diego perguntou.

Mariah dorme aqui hoje, ela escreveu. *Amanhã horário livre entre 2 e 4 da tarde*, completou, com uma sequência de emojis com olhos de coração.

Mais reorganização para o dia seguinte, pensava Diego subindo as escadas da Filial 8. Rachel & Ross desciam, suados da aula de aeróbio. O casal hesitou em dar o passo seguinte, imperceptivelmente para quem estivesse por perto, como quando nas cenas em câmera lenta de um filme policial destacam um detalhe que passou batido por todos, menos para o investigador do crime, ou por quem se recorda do ato cometido.

Na escada, dois fingiram não notar o titubeio, um terceiro se lixou. A mesma constante atitude vacilante do casal levara Diego a se afastar de Rachel & Ross, como secretamente apelidara os ex-clientes, caricaturas dos já caricatos personagens do velho seriado televisivo *Friends*. O casal brasileiro vivia repetindo ter morado, quando estudantes de pós-graduação na Universidade de Nova York, no prédio do West Village, na esquina das ruas Grove e Bedford onde seriam os apartamentos de Rachel, Ross, Joey, Phoebe, Monica e Chandler do *sitcom*.

— Quanto tempo! — Rachel exclamou, alto demais, tipo um personagem feliz de peça infantil. — Ontem mesmo estava falando de você com o Sammy, não estava, meu amor?

Ross, que se chamava Samir como todo primogênito da abastada família de incorporadores imobiliários da cada vez mais populosa e turística Região dos Lagos, ao norte do Rio de Janeiro, nos últimos tempos mais próspera ainda com empreendimentos na área do Porto do Rio, respondeu com um aceno de cabeça, tenso e constrangido como desde a tarde de um sábado quando se juntaram numa transa a três e Ross/Sammy pouco ou nada conseguira desempenhar. Os gritos de gozo múltiplo de Rachel (Beatriz na certidão de nascimento) sob o personal, enquanto Ross/Sammy apenas observava, foram tantos e tão agudos que Diego teve certeza serem fingimento e, quem sabe, encenação para provocar ciúmes. Não se importava. Transara, gozara, tudo bem. Contudo, tinha a sensação de que o verdadeiro desejo de Ross/Sammy era estar no lugar de Rachel/Beatriz. E reparou que o maxilar dele parecia mais quadrado, seu queixo maior, os deltoides mais inchados. Voltou a tomar anabolizantes, Diego teve certeza.

— Vamos marcar de nos ver — Rachel/Beatriz sugeriu, sem sinceridade, retomando a descida da escada e puxando Ross/Sammy pela mão, desatenta à confirmação monossilábica e igualmente insincera de Diego.

Colocou os fones de ouvido, pressionou uma playlist aleatória no celular, sentou-se na máquina de remo, exercitou-se com intensidade por quarenta minutos. Os televisores da academia estavam ligados em estações diferentes, sem som, sem atrair atenção, exceto por um dos canais de esportes a exibir desastres espetaculares em competições de surfe, automobilismo, esqui, motocross e paraquedismo. Reparou que repetiram muitas vezes imagens de um sujeito saltando de um avião com mais meia dúzia de outros homens, mas cujo paraquedas não abria, intercalando o acidente hipnotizante, interrompido antes do atleta se esborrachar no meio de uma plantação de milho no Centro-Oeste americano, com imagens entediantes da entrevista de um homem maduro moreno com cara de indiano, vestido de terno e gravata, em alguma localidade da Suíça. A imagem do maduro moreno também aparecia intermitentemente nos canais de jornalismo 24 horas. E em todos os outros, exceto o dos desastres.

Desceu, tomou banho enquanto o smartfone carregava, vestiu o uniforme limpo, foi até a moto, pegou o capacete no bagageiro e em seu lugar colocou a roupa suja. A mãe ligara novamente. Nenhuma das Fês dera notícias. Estariam com raiva dele? O que poderia ter feito que as irritara? Não conseguia pensar em nada. Eram boas *fuck buddies,* tudo sempre ia bem entre ele e cada uma das Fês. Trepavam, pá-pum, tchau. O que poderia ser melhor que isso?

Deveria mandar mensagem novamente? Deveria ignorar? Estava saciado naquele momento, não precisava delas. Talvez à noite, se batesse o tesão, já que Nikki estaria fazendo seu trânsito de Vênus com Mariah.

O número da senhorinha marcada para o dia seguinte também estava registrado. Que raro. Nunca lhe telefonava. Mais raro ainda, deixara mensagem escrita. Longa, como acontece com quem está desacostumado a fazer isso.

Olá, Diego, aqui é Eunice Martins. Boa tarde. Desculpo-me antecipadamente por incomodá-lo no dia anterior à nossa aula de ginástica, mas é urgente fazê-lo. Trata-se do tema que se tornou recorrente muito além dos comentários que eu vinha fazendo a você nas últimas semanas, como você haverá de se lembrar. Devido à sua complexidade e alcance, peço-lhe que me telefone assim que lhe for possível. O mais rápido que puder, por gentileza. Desde já agradeço. Atenciosamente, Eunice Martins.

Digitou o número de dona Eunice. Ela atendeu quase imediatamente. Parecia preocupada. Diego quis saber por quê, ela perguntou se ele tinha visto a entrevista coletiva de... e citou um daqueles nomes exóticos de entrevistados do marido. Diego admitiu que não se lembrava de quem era, nem em que situação dona Eunice falara dele antes. Houve um silêncio do outro lado.

— Não se recorda de nada do assunto em que venho citando... — e repetiu o nome que a Diego soava como mexicano, talvez argentino — em nossas conversas desde janeiro?

— Não, dona Eunice — confessou, sem entender aonde ela queria chegar e foi direto. — Mas não foi por causa desse antigo entrevistado de seu marido que a senhora mandou mensagem e me ligou, foi?

Um novo silêncio. Dessa vez a pausa foi maior. Ele a ouviu suspirar.

— Meu marido nunca chegou a entrevistar Tedros Adhanon — ela finalmente disse, chocada, mas tentando soar paciente. — O diretor da Organização Mundial da Saúde. Ele acaba de admitir que se trata mesmo de uma pandemia.

Era a primeira vez que Diego ouvia a palavra pandemia.

— Se lembra dos comentários que eu vinha fazendo desde janeiro, sobre aqueles casos de doença na China e na Europa? Que o *New York Times* vinha cobrindo desde o fim do ano passado? Sobre aquelas mortes e isolamento na província de Wuhan? A síndrome respiratória fatal?

Diego não se lembrava. Pestes e epidemias eram assuntos frequentes de dona Eunice, transmitidas por macacos africanos, frangos árabes, morcegos e suínos asiáticos, assim como as sempre lembradas guerras na Bósnia, Chechênia e mais meia dúzia de conflitos em países ou regiões obscuras, que ele simplesmente ignorava na hora e esquecia mais tarde.

— Morcegos — ela repetiu. — A doença é transmitida por morcegos.

— Sim, dona Eunice, morcegos — declarou Diego, na falta absoluta do que dizer, percebendo então que dona Eunice estava claramente agitada, discorrendo sobre hospitais lotados numa província da China e no norte da Itália, isolamento obrigatório de milhões de pessoas, hospitais de campanha construídos em uma semana, contaminação em escala inimaginável, risco de vida iminente para pessoas idosas como ela. Parecia prestes a chorar.

— Está matando centenas por dia na Lombardia e no Veneto, Diego. A maioria das vítimas são pessoas com mais de sessenta anos. Esse novo vírus está atacando na Espanha, também, e na França. Morreram dezenas de idosos num asilo na Inglaterra. Hoje a Organização Mundial da Saúde reconheceu oficialmente a pandemia. Hoje, 11 de março. Hoje, quarta-feira, 11 de março.

— Sim, quarta-feira — Diego repetiu, sem prestar atenção.

— O doutor Adhanon, o diretor-geral da oms, falou na entrevista coletiva. Pandemia, Diego, pandemia. Você não viu, Diego? Você viu? Deve ter visto. Estava em todos os canais de televisão. Não viu? Viu, não viu?

122 *Edney Silvestre*

Esse vírus pode ser pior que o da gripe espanhola, Diego. Lembra que eu lhe contei que os irmãos da minha mãe morreram da gripe espanhola?

O celular vibrou. Diego olhou o visor. Era mensagem de Fê. Qual das Fês?

Precisava encerrar aquela conversa com dona Eunice.

— Amanhã continuamos o papo, combinado? Pode ser num horário um pouco mais tarde, dona Eunice? Tem problema?

— Diego... — a senhorinha balbuciou. — Diego, acho que você não está entendendo...

— Qual horário seria mais conveniente para a senhora? — ele tentou, afastando o aparelho para poder ler a mensagem. *Não vem?* dizia apenas. Qual Fê, afinal? A dermatologista ou a advogada? Qual estaria de plantão? Hospital, delegacia ou fórum?

— Não estou entendendo o quê, dona Eunice?

— A gravidade da situação em que o mundo está entrando, Diego. O que a admissão da pandemia pela OMS significa.

Ele estava sem paciência, ele estava com pressa, ele não podia dar à senhorinha o mesmo tipo de atenção e ouvidos pacientes como durante o horário da ginástica. Tinha uma Fê aguardando para transar com ele, e transar naquela mesma hora. Imediatamente.

— Arrã. Compreendo, sim, dona Eunice. Só estou querendo saber o horário que a senhora prefere amanhã, quarta-feira.

— Não, Diego, não! — ela se exasperou — Não posso. Não vou poder mais! Ninguém, Diego! Nem eu, nem ninguém! Não poderemos! Nem ir às compras. Nem jantar fora. Nem ir ao cinema, à farmácia, à padaria, ao cabeleireiro, à manicure, passear com o cachorro, nada, Diego, nada! Não sei quanto tempo isso vai durar. Nem a OMS sabe. Ninguém sabe nada! Nada, Diego. Nada. Vou ter de me isolar. Vou ter de ficar em quarentena.

— Arrã — Diego concordou, sem saber o que mais dizer. Acrescentou, apenas, antes de desligar: — Amanhã eu ligo, para ver que horário pode ser mais conveniente para a senhora.

Certamente a senhorinha estaria mais calma no dia seguinte. Antes de encontrá-la daria um Google para descobrir quem era o tal Adhanon da OMS. Conhecia as manias de dona Eunice e tinha certeza de que ela voltaria a essa paranoia de pandemia

Qual endereço?, digitou em resposta para a Fê que não sabia qual era.

Entrou um nome de rua na Tijuca. Clínica? Delegacia?

Passou uma mensagem de voz para os clientes das horas seguintes, subiu na moto e rumou para o endereço registrado no visor do celular, cheio de tesão e curiosidade para saber com que Fernanda estaria transando daqui a pouco, já esquecido da conversa disparatada com dona Eunice.

ANNA

1. Anna se despede

— Ela sofreu?

— Não — Paulo mente após curta hesitação, como fazia quando tentava bloquear, ou pelo menos adiar, as intromissões do mundo adulto no casulo dos filhos Edward e Joseph. Atentados, epidemias, naufrágio de refugiados, afogamento de crianças apátridas, extinção de populações por inanição e falta de vacinas, bombardeios de civis, massacres étnicos, chacinas por fervor religioso, estupros coletivos, extermínios de minorias por orientação sexual, exílio por perseguições políticas, a habitual indiferença dos autoproclamados civilizados para com os milhões de expatriados escorraçados mundo afora, tocando suas dolorosas vidas provisórias. O cotidiano habitual de sua profissão. Tarde demais. A vida adulta chegara fazia tempo para os filhos. O mais velho estava diante dele. Na entrada do quarto do hospital, a mão ainda na maçaneta. — Não muito — adiciona, o tom da voz negando as palavras, de pé junto aos instrumentos de monitoramento apagados, como estava desde... desde... Não se lembra desde quando. Desde muito cedo, seguramente. Vira as primeiras luzes da manhã lavando o céu escuro. Dali mesmo. De pé, ali mesmo.

Pela porta entreaberta vê passar, atrás de Edward, uma maca empurrada por um enfermeiro. Duas embalagens plásticas, penduradas em ganchos de haste metálica, uma vermelho escura, plasma, seguramente, outra transparente, soro, anestésico, medicação, o que fosse, sacudidas como sinalizadoras de uma mensagem de encerramento. A maca, o plasma, o soro, a morfina. Como ontem com Anna. Pelos mesmos corredores. Segurando a mão dela.

— Não todo o tempo — Paulo repete, finalmente. — Não o tempo todo. — E novamente cala-se. No começo, um pouco, pensa, sem dizer. Mais que um pouco. Bastante. Muito, rememora, sem querer. Antes de acertarem as doses de morfina. Depois, não. Não. Depois, não. Espero que não, deseja, calado.

Os olhos do filho, o pai percebe, como seus olhos se parecem com os de Anna, azuis da cor de giz, com riscos mais escuros saindo da íris, tal como os dela, tal como os dela que nunca mais verei, pensa.

Os olhos do filho estão cheios de lágrimas.

Edward continua imóvel à entrada do quarto, a mochila apoiada no ombro direito, o olhar cansado da viagem transatlântica encarando o pai, de quem herdou a cor da pele e o ossudo corpo longilíneo. Parece relutante em entrar. Ou talvez tentasse a última ilusão, antes de ter de enfrentar o acontecimento definitivo.

— *Papi* — o filho murmura, dando um passo à frente, as lágrimas finalmente rolando pelo rosto "harmonioso como um Cristo, se El Greco os pintasse afro-brasileiros-escandinavos", definira certa vez, seu irmão mais novo, Joseph, com sincera admiração e leve pitada de humor.

Há um leito vazio entre eles.

Já retiraram os lençóis, o forro de plástico, os travesseiros.

A pessoa que o ocupava foi retirada algum tempo antes.

Não o tempo todo, o pai volta a mentir, desta vez para si mesmo, tentando acreditar nas próprias palavras. O sofrimento de Anna lhe doía ao longo de todos esses meses finais, mas especialmente nas últimas semanas, terrivelmente nesses últimos dias.

— Não o tempo todo — repete, sem convicção, a voz baixa, quase inaudível.

O filho quer dizer ao pai que não precisa mentir, mas não consegue dizer nada.

— Não. Sim. Um pouco. Um tanto — o pai balbucia, sem saber mais em que língua fala ao filho. Sueco? Português? Inglês? É menos difícil falar de dor em língua estrangeira? Qual a língua estrangeira para ele? Qual língua se torna estrangeira para quem vem sendo um expatriado quase a vida toda?

O pai se cala. O filho aguarda.

— Não sempre — o pai acha que diz. — Não sempre.

O hospital é silencioso, o quarto tem vidros antirruído. Dá para ouvir a respiração ofegante do filho. As persianas das janelas amplas estão levantadas. *Quero ver o céu*, Anna pediu. Murmurou. A voz tão baixa. Em sueco, ela pediu. Talvez os remédios não lhe permitissem mais lembrar nenhuma outra língua das cinco que falava. Foi das últimas, ou a última, das frases completas que disse. Depois, apenas palavras soltas. O nome dele. O nome dos filhos. E sede. Sede, sussurrava de vez em quando. *Törst*. Ele molhava seus lábios. Ela não conseguia mais engolir. Nada. Fez Paulo prometer que não revelaria aos filhos o fim do tempo de remissão. Que só chamaria os filhos depois.

Chamaria os filhos. Só depois. Ontem.

Telefonou primeiro para Joseph, em Barcelona, sem sucesso.

Ligou em seguida para Edward, em Nova York. Barbara atendeu. O filho não estava em casa, fora em alguma reunião de trabalho. Ele perguntou se Edward demoraria a chegar, Barbara percebeu o tom grave do sogro, sabia da frágil condição da saúde de Anna, ofereceu o número do celular do marido. Paulo o tinha, mas não queria dar a notícia ao filho rodeado por um bando de estranhos encarando uma parede cheia de monitores, em uma videoconferência com Nairóbi ou Londres, armando a próxima campanha para arrecadar medicamentos para famílias desabrigadas em Aleppo, a salvação dos derradeiros rinocerontes negros do Malavi ou alguma outra espécie vítima da insensatez humana ou ameaçada de extinção. Bem filho de Anna: um humano preocupado com todas as criaturas com quem divide o planeta. Quanto menos acreditava no sucesso das causas defendidas pelo filho, mais admirava sua incansável esperança. Cega esperança. Como as de Anna. Desde sempre. Até o fim.

The number you've reached is unavailable right now, please try again later, anunciava a inócua voz feminina no telefone de Joseph.

Que horas seriam em Barcelona, Paulo conjeturou, ainda aguardando o bipe da secretária eletrônica. Mas não havia bipe ao final da mensagem. Joseph, lembrou-se, dizia que quem estivesse interessado em saber dele, ligaria de novo e falaria de pessoa para pessoa. *Um ranzinza bem-humorado, um bem-humorado ranzinza*, como a mãe por vezes o definia.

Aquela talvez fosse hora do jantar e o filho estaria ocupado entre as panelas e frigideiras da pequena cozinha e o atendimento das mesas no espaço exíguo do restaurante no bairro gótico, dividido entre ele, o marido Cesar e um garçom catalão sempre a investivar contra o governo central madrilenho. O primeiro restaurante do filho, depois de anos de trabalho em cozinhas de hotéis internacionais na Ásia, Suíça e em San Sebastian, era um dos orgulhos de Anna.

Joseph poderia ter saído da cidade e o celular estava fora de área? Sempre gostara de viajar, era quem mais se divertia quando iam os quatro de carro nos fins de semana, parando quando encontravam um vilarejo interessante, e havia tantos pela Suécia, devia havê-los também na Catalunha. Ademais, era segunda-feira, dia fraco para pequenos bistrôs tipo o de Joseph e Cesar, numa cidade turística como Barcelona.

A notícia sobre Anna o pegaria de surpresa e o chocaria. Era o mais emotivo dos filhos. O mais ligado à mãe. O mais parecido com ela. Até fisicamente.

Jamais o perdoaria por ter escondido a real condição de saúde de Anna, a progressão do fim sem deixar que Joseph e Edward a vissem. Mesmo que tenha sido para poupá-los. Mesmo tendo sido a pedido de Anna.

A luz oblíqua da tarde de outono divide o quarto. Ali, naquela cama entre eles, agora despida de sinais humanos, Anna repetiu seus nomes. Edward, Jo-Jo, Edward, Jo-jo, Edward.

— Não todo o tempo — Paulo tenta encerrar, antes de calar-se. É penoso falar. É penoso ouvir-se.

O filho continua de pé, chegado das sete horas e quarenta minutos da insone viagem de Nova York à Suíça, mais a hora e meia entre o desembarque em Genebra, o aluguel do carro disponível, constrito demais para suas pernas longas, o percurso pela estrada à beira do lago Léman na manhã límpida, alheio aos bosques multicoloridos do fim de outono que o encantavam quando, nas manhãs de sábado, ele, o irmão, o pai e a mãe percorriam trilhas cobertas de folhas marrons, vermelhas, púrpuras, douradas. Joseph sempre correndo à frente do irmão mais velho, vez por outra gritando de longe sobre alguma coisa que vira ou um bicho que passara, o pai e a mãe jovens, da idade que ele tem agora, inconsciente então de que aquilo era felicidade, ou momentos felizes, como são inconscientes os momentos felizes. Compreenderia mais tarde, hoje mais que sempre, ao recordar aqueles percursos por entre árvores e trilhas, sem fome, sem sede, apenas eles quatro, nos sábados de outono que nunca se repetirão, ele sabe hoje, especialmente hoje, dentro do pequeno carro com as janelas abertas apesar do frio, o rádio a berrar alguma canção internacional repetitiva e insossa, a caminho do hospital, ele, mais o irmão mais novo, o pai e a mãe, sem rumo aparente pelas fileiras de árvores de fogo e ouro como em contos de fadas, até as sombras da tarde engolirem o bosque, quando então voltavam para casa, e aí comiam, e aí conversavam, até ele e o irmão caírem de sono e cansaço. O pai o carregava, maior e mais pesado, para a cama. O mais jovem, a mãe levava. Naquela época, chamavam o irmão de Jo-jo. A mãe continuou chamando-o assim. Até a última conversa. A ele nunca tinham dado apelido ou diminutivo. Edward era. Ou meu filho. Sentia-se seguro, cheio de uma paz cálida quando ouvia um ou o outro referir-se a ele assim. Meu filho.

— Vamos tomar um café — um deles diz ao outro, trazendo-o de volta ao quarto onde a mãe de um e a mulher cujo amor salvara o outro morrera havia poucas horas.

— Há uma cafeteria no térreo, talvez você queira comer alguma coisa, talvez você esteja com fome depois de tantas horas de voo — o pai diz ao filho, surpreso ao ver como era possível ser trivial em meio a tanta dor, e com o poder aliviador da banalidade.

Escrevo porque me lembro.

Escrevo porque me percebi esquecendo.

Mais e mais a cada dia conforme a doença avança.

Escrevo para tentar segurar as lembranças que ainda estão por perto.

Como crianças quietamente adormecidas.

Não.

Crianças adormecidas acordam.

Crianças no meu colo.

Edward no meu colo.

Jo-Jo no meu colo.

Oh, deus, não me deixe esquecer Edward no meu colo.

Não me deixe esquecer Jo-Jo no meu colo.

Não me deixe, por piedade, não me deixe esquecer.

Uma criança no colo.

Minhas crianças no colo.

Meus meninos no meu colo.

Paulo massageando meus pés.

Edward no colo dele.

Joseph no meu colo.

Jo-jo no meu colo.

Minha cabeça no peito de Paulo.

Deus, deus, deus não me deixe esquecer isso também, não me deixe. Não me esqueça você, deus, você que deveria ser misericordioso, não desista de mim, não seja surdo aos meus apelos, não me abandone, deus, agora não, nessa hora não, me dê um pouco mais de tempo, só um pouco, só para eu poder tomar coragem e contar para eles e com eles saborear a felicidade que sei que tive, que sei que tenho, e eles são assim, essa bênção para mim no mundo, eles. Os três. Não me abandone, deus, não agora, permita que eu lhes diga, permita que eles saibam o quanto. O quanto. Tanto, deus, tanto. Tanto. Por todos esses anos. Como poderei lhes dizer adeus? Assim? Aqui?

Escrevo para vocês, meus filhos.

Escrevo para você, Paulo.

Porque me lembro.

Ainda me lembro.

Escrevo para vocês porque me percebi esquecendo cada vez mais a cada dia e logo estarei cometendo atos que hão de lhes parecer ilógicos, mas são apenas o início da…, vou escrever, jamais terei coragem de lhes dizer frente a frente, mas escrevendo eu sei que poderei dizer. Demência.

Por isso lhes escrevo.

Uma velha e antiquada carta antes de mergulhar no sono de onde sei não haverá volta, nem despertar, escrevo porque nunca serei capaz de lhes dizer quantos mundos se abriram em meu pequeno mundo, a cada vez que percebia fazer parte de um universo onde vocês estavam comigo, vocês e seu pai, seu pai e vocês, este mundo para o qual eu tive a oportunidade e privilégio de trazê-lo, Edward, de trazê-lo, Jo-Jo.

Eu achava que nunca mais ia poder ter filhos e sou mãe de vocês.

Fiquei grávida uma vez, não é uma bonita história.

Eu era muito jovem, morava em um país estrangeiro, trabalhava como faxineira, tradutora de documentos, babá, estava sozinha, tinha sido deixada sozinha, não podia ter a criança, não tinha como ter aquela criança, voltei para a Suécia, interrompi a gravidez. Eram gêmeos. Eram dois meninos. Perdi aqueles dois meninos. Fui informada de que nunca mais poderia ter filhos.

Eu disse que não era uma bonita história.

— *Idiotens idiot son kommer att beseggas av Barak Obama i valen* — Paulo diz a Edward, em sueco, após o terceiro gole de café, tentando quebrar o silêncio com um assunto neutro, distante da morte de Anna, como o candidato negro à presidência dos Estados Unidos, Barak Obama, que enfrentará George W. Bush nas eleições americanas no mês seguinte.

Edward dá uma gargalhada, inadequada aos padrões suíços, mais ainda na cafeteria de um hospital para pacientes terminais. Sua mãe era quem se referia ao presidente americano George W. Bush como "o pequeno idiota filho do grande idiota", como Paulo agora repetia.

— Não, *papi* — Edward esclarece. — Obama não concorre contra George Bush, o candidato republicano é um herói da guerra do Vietnã, John McCain.

— McCain?

— Um bom homem decente. Um republicano com algum verniz progressista, hostilizado por republicanos mais toscos, como Donald Trump.

Paulo lembrou-se de como Anna chamava o bilionário americano de duvidosos empreendimentos imobiliários:

— Ah! *Gula kakadua!*

— Sim, *papi*, a *Cacatua Amarela* Donald Trump, por quem *mami* tinha repugnância.

— *Och McCain, hur mår han?*

— John McCain é um sujeito ético e bem-intencionado. Mas a crise econômica que os Estados Unidos e o mundo estão atravessando neste 2008, gerada pelas tramoias das grandes instituições financeiras, somadas à escalada armamentista alimentada pela política antiterrorista de Bush, vão entregar até mesmo os eleitores republicanos a Obama.

— *Men den idiotiska sonen till den tidigare* CIA-*chefen lämnar många arvingar, eller hur?*

— Sim, *papi*, George W. Bush, o idiotinha filho do antigo chefe da CIA George Bush, está deixando muitos herdeiros. Como essa *gula kakadua*.

— *En svart president i ett rasistiskt land.*

— Um presidente negro num país racista, sim, *papi*, pode acontecer, sim, há uma grande torcida por ele. Minha, inclusive. E de Barbara. Mesmo que a gente não vote.

— *Jag trodde att ni röstade. Barbara, åtminstone. Hur många år har hon bott i* USA? — Paulo quis saber.

— Barbara vive nos Estados Unidos desde 1991 — Edward conta sobre sua mulher, brasileira de nascimento, que o pai ainda não conhece. E que Anna jamais conhecerá. — Há 17 anos, portanto.

— *Barbara röstar inte? Varför röstar du inte?*

— Não, *papi*. Nem Barbara nem eu votamos.

— *Varför, Edward?* — O pai tenta entender a razão.

— Eu, porque não tenho vontade de me tornar cidadão americano, Barbara porque ainda não conseguiu vencer a barreira da burocracia que a condena pelos anos que morou lá ilegalmente. Você sabe que Barbara entrou nos Estados Unidos com documentos falsos, lembra?

— *Ja jag minns.*

— Por que você está falando comigo em sueco, *papi?*

* * *

Hola, *papi*!

Aqui fala teu Jo-Jo, como bem sabes, rá-rá! Reconheceste minha voz, estou seguro, tu sempre reconheces vozes, embora te esqueças das caras e dos nomes das pessoas, rá-rá-rá!

Papi, vi que me chamaste hoje duas vezes, mas não ouvi, ou o telefone sem fio não tocou e não deixaste mensagem. Estamos fora de Barcelona nesta segunda-feira, aproveitando o dia de folga do bistrô. Cesar e eu viemos a Besalu, que nem tu nem Mamá conhecem ainda, porém justamente por isso eu e Cesar queremos que tu e *mami* se programem para...

(Bipe).

Ei, *papi*, que curta essa sua caixa de mensagens, mal comecei a te contar o que Cesar e eu estávamos a conjeturar quando, bam! Vem esse sinal sonoro e corta a mensagem que eu apenas começava a te deixar...

(Bipe).

Papi, vou chamar teu número em casa. Se tu não estiveres, falo com *mami* e ela te dará o recado. É uma surpresa, rá, rá, rá! E sei que tu e *mami* irão gostar muito, muito!

(Bipe).

Eu achava que nunca mais conseguiria amar homem nenhum, e seu pai entrou em minha vida.

Eu tinha certeza de não querer mais partilhar minha vida com ninguém e Paulo surgiu, exilado e combalido, um homem mais jovem que eu, quando eu já havia...

Eu já havia...

Seu pai tinha fugido do Brasil. Não. Seu pai tinha fugido do Chile. Ou pode ser que tenha sido da Argentina.

Seu pai tinha sido obrigado a fugir.

Eram vários brasileiros exilados, recém-chegados à Suécia, naquela época. Eram. Alguns argentinos, também, creio que me lembro. Chilenos, seguramente. O golpe contra Allende. Operação Condor.

O que foi mesmo a Operação Condor?

Não era sobre isso meu assunto.

Não importa.

Ou importa.

Perdoem-me se eu passo de um assunto a outro. Ainda não me habituei à ideia de ser uma pessoa demente. Ainda não me acostumei. Ainda não o sou. Demente.

Por isso lhes escrevo.

Enquanto me lembro.

Tudo fica cada vez mais vago.

Há imagens em minha cabeça que não consigo ordenar. Paulo, Edward, Jo-Jo, férias, Barcelona, Hatra, Nova York, Lausanne, Estocolmo.

Tentarei organizar, escrevendo.

Férias em Barcelona.

Não.

Jo-Jo vive em Barcelona. É chef em Barcelona. É casado com um fotógrafo. Um fotógrafo espanhol. Um fotógrafo espanhol chamado... chamado... chamado Leon. Não. Esse é o sócio dele. Leon é sócio de Jo-Jo. Fomos ao casamento de Jo-jo. Ele estava feliz. Jo-Jo, você sempre foi um menino feliz. Homem feliz. O homem com quem se casou é Leon. Não. Cesar. Dê um abraço meu a Cesar. Cesar é fotógrafo. Leon é o sócio no restaurante. No bistrô. O bistrô se chama... Se chama Bistrot de Anna? Você deu a ele meu nome, não deu?

Estocolmo foi onde conheci você, Paulo. Numa tarde de fevereiro? Janeiro? Nevava. Mas que novidade tem aí? Sempre neva em Estocolmo no inverno. Foi em dezembro? Era véspera de Natal? Depois você foi a Hatra. Você foi ao Iraque. Depois. Bem depois. Mais tarde. Bem mais tarde. Jo-Jo e Edward já eram nascidos. Já sabiam ler os e-mails que você nos enviava do Iraque. Ou da Jordânia. Sim, da Jordânia. Eram adolescentes? Já morávamos, nós quatro, em Lausanne. Não. Ainda morávamos em Paris. Ou já nos havíamos mudado para Lausanne quando, no outono, saíamos para longas caminhadas no bosque de onde se via o lago Léman. Ou não se via. Jo-Jo gostava. Edward gostava. Você gostava, Paulo, todos gostavam, todos os quatro gostávamos, eu mais que todos.

Paris, lá moramos depois? Antes?

Quando Edward e Barbara se conheceram? Foi em Nova York. Quando foi? Foi depois daquela barbaridade do World Trade Center, não foi? Foi. No apartamento de Cybele, nossa amiga que trabalha na ONU. Foi, não foi? Sim, foi lá. Ainda não conheço Barbara. Barbara é uma expatriada, como você foi, Paulo. Antes. Antes de nos conhecermos, antes de Edward nascer, antes de Jo-Jo nascer, antes de nós nos tornarmos nós. Plural.

Gostarei de conhecer Barbara. Quando ela conseguir deixar de ser imigrante ilegal e tiver documentos para viajar para fora dos Estados Unidos e permissão para voltar para lá. Como uma cidadã com plenos direitos. Tudo por culpa do idiotinha. O filho do... Como era mesmo o nome dele? Bush. George Bush. O grande idiota que criou uma guerra no Golfo Pérsico para garantir o fornecimento de petróleo para indústrias norte-americanas. Barbara não pode sair do país deles, do idiotinha, filho do grande idiota.

Paulo não soube explicar por que falava a Edward em sueco. O filho vinha respondendo em português, sem que o pai percebesse em que língua lhe fazia as perguntas. Talvez porque, em família, sempre falavam em sueco quando o tema era política? Talvez porque era frequentemente a partir de alguma observação de sua mulher sueca que falavam de política? Porque a língua sueca o lembrava da ojeriza de Anna quando via imagens de George W. Bush, o idiotinha filho do chefe da CIA na época da Operação Condor, responsável pela carnificina no Chile do golpe militar contra Allende, o assassinato de ativistas como Orlando Letelier, em plena capital americana, a perseguição a exilados, mesmo dentro dos países onde se asilaram, como ele próprio, Paulo? Talvez porque era bom lembrar a energia da indignação de Anna, em vez dos frágeis murmúrios das últimas semanas, dias, horas? Talvez porque na língua dela, que permanecera estrangeira para ele, mesmo depois de todos esses anos, fosse mais difícil ser assaltado pela dor de ter de entender que nunca mais irá vê-la, abraçá-la, penetrá-la, gozar com ela, ouvir sua voz e rir com ela do pequeno idiota filho do grande idiota?

— *Jag är ledsen. Jag märkte det inte.* Desculpe. Não atinei que estava... falando a língua da sua mãe. E a sua também, claro. E do Joseph.

— Não tem o que desculpar, *papi.* "Atinei" significa o mesmo que "percebi"?

— Sim. Mesmo significado. Não notei, não percebi, não atinei que estava falando em sueco. Tem fome, você? Quer comer alguma coisa? Um sanduíche? Uma rosca?

O filho sacudiu levemente a cabeça, recusando. Será que vamos falar de comida? Da temperatura lá fora? De turbulências no voo entre Nova York e Genebra? Há um protocolo para falar de morte, Edward se perguntou, pela primeira vez percebendo na face do pai a sobreposição de uma outra face, com a mesma testa alta, as mesmas maçãs de rosto saltadas, o queixo comprido, o nariz de asas abertas, os olhos castanhos no fundo de órbitas fundas, mas agora como se lhe houvessem colocado por cima uma película transparente, em igual tom escuro, porém de pele afrouxada, com as marcas, fadiga, rugas e reentrâncias de outro homem. O mesmo pai que ele conhecia havia trinta e dois anos, o mesmo que corria às gargalhadas atrás dele e do irmão no jogo de bola no jardim perto de onde moravam, só que com detalhes, sinais, sutis minúcias resultantes de sua própria interpretação de filho, hoje, no qual via dor profunda, controlada, mas irreversível.

Sem sua mãe, seu pai se tornara um homem idoso.

* * *

Espero que não demorem muito para legalizar a situação de Barbara nos Estados Unidos, meu filho. Para ela poder viajar, finalmente

Receio não estar mais aqui quando Barbara vier. Quando finalmente Barbara vier. Tanto eu queria conhecê-la. Receio que não haja tempo.

Edward, meu filho, quero que você seja tão feliz com Barbara quanto Jo-Jo é feliz com Cesar. Meu filho, agradeça a Cesar por mim. Jo-Jo diga a Cesar que me recordo quase claramente de sua elegância, dançando com você na festa de seu casamento. Em Barcelona, sim? Nas cercanias de Barcelona? Onde foi mesmo? Você e Cesar dançando na ponte medieval de uma cidade catalã. Cuide do meu filho, Cesar. Proteja a felicidade dele. Você sabe cozinhar? Não sei a quem Jo-jo saiu. Sou péssima na cozinha, Paulo idem, Edward nem se fala.

De onde Jo-Jo puxou esse talento?

Olá, *mami*! Acreditei que tu estarias em casa a essa hora, boa tarde, minha linda Anna, aqui é Jo-Jo, teu filho favorito, rá, rá, rá! Como estás? Cesar *te saluda y* manda seu carinho e diz que está fazendo as bolinhas de carne suecas quase tão boas quanto as tuas, rá, rá. *Papi* me chamou, porém estou longe de Barcelona e o sinal de telefone móvel cá no interior da Catalunha tu imaginas como é claudicante. Como estás, minha Ingrid Bergman? Continuas com a mesma doce paciência para aturar o nosso velho subversivo, ainda apaixonada pelo teu *Brazilian Boy*? *Mami*, se Cesar me amar um décimo do que tu amas o *papi,* eu serei o homem mais feliz do mundo. E já o sou, um pouco. Quem diria, hein, *mami*, que teu filho favorito encontraria o amor ao ser fotografado por um espanhol, dentro da cozinha do restaurante de um hotel suíço na Indonésia? Rá, rá, rá!

Mami, esta mensagem está ficando muito, muito longa, quase tão grande quanto minhas saudades de ti. E de ti, também, *papi*! Tentei deixar mensagem no teu telefone móvel, mas as ligações daqui de Besalu para Lausanne parecem mais remotas que os telefonemas cheios de estática e silêncios que tu nos davas de Aman, quando fostes em missão da Unesco ao Iraque, no ano 2000, te lembras?

Papi, *mami*, sinto falta de notícias, vocês só escrevem e-mails e meu tempo para leituras ficou muito curto, com todas as tarefas que o bistrô requer de mim e de Cesar. Por que não telefonam? Telefonem mais, sim, por favor? Prometem?

Antes mesmo do *papi* telefonar hoje, eu já tinha planos de ligar para vocês. Porque Cesar e eu temos um convite. Vocês sabem que a nós agradaria muitíssimo passar o Natal com vocês, em Lausanne, com neve e tudo o mais. Porém Natal é uma época excelente para a vinda de turistas cá em Barcelona. E não podemos deixar escapar a oportunidade. Porém temos uma solução! E um convite! Quer falar, Cesar? Não? Então falo eu!

Já combinamos com os pais de Cesar e com a irmã dele, de Valencia. Eles virão passar o Natal conosco, aqui em Barcelona e nós queremos que vocês venham, também, meu querido *papi* brasileiro quase Indiana Jones, minha linda estrela sueca mais linda que Ingrid Bergman!

Ainda é começo de novembro, não será difícil comprar passagens aéreas a bom preço, e cá eu consigo descontos bastante bons em algum daqueles hotéis de várias estrelas no Passeig de Gracia, como vocês gostam.

Nós queremos passar este Natal juntos: vocês dois, os pais de Cesar, a irmã dele, Cesar e eu. Aceitam? Vamos passar este Natal de 2008 reunidos, como a família amorosa, unida, disfuncional e implicante que somos? Nós vamos levar vocês para conhecer esta joia medieval que é Besalu. Aceitam? Sei que aceitam, vocês não resistiriam a um convite de seu filho favorito, rá, rá, rá! E de seu genro favorito, me lembra aqui o Cesar!

Vou ligar para o Edward e perguntar se ele quer se juntar a nós. Sei que depende de Barbara conseguir os papéis da legalidade, seja lá como for que se fala isso de obter cidadania e passaporte naquela terra comandada pelo idiotinha filho do idiota, rá, rá, rá!

Te amo, *papi*! Te adoro, *mami*! Até breve! Ou, *fins aviat,* como eles dizem aqui na Catalunha.

Finalmente teremos outro Natal juntos!

(Bipe).

Meus filhos, eu estava lhes contando algo, porém me fugiu.

Assim vem sendo.

Quando estou me situando em uma lembrança, logo entra outra. Outra lembrança. Deixe que eu explique. Ou tente. Tente explicar.

Escrevo em inglês, como vêm, porque vocês dois sempre falaram e escreveram inglês, francês e sueco com eficiência, e sei como você, Paulo, se sente incômodo e sem certezas lendo sueco. Tantas vezes quis saber falar português para lhe dizer que, isto é, não sei se seria mais fácil, ou menos difícil. Não sei. O que eu dizia, mesmo?

Nossos filhos, disso que eu falava.

Jo-Jo e seu talento na cozinha.

Disso é que eu falava.

De onde veio esse seu jeito natural e delicioso de preparar e inventar pratos, meu filho?

É mesmo Bistrot de Anna que você e Cesar o chamaram?

Joseph abraçou Paulo, enterrou a cabeça em seu peito e soluçou. Ficou assim, enlaçado ao pai, por minutos intermináveis. O filho mais alegre, o menino mais exuberante, o incansável molecote sempre a correr à frente dos pais e do irmão mais velho, agora era apenas o jovem adulto desamparado, agarrando-se ao homem mais velho, como fazia quando Paulo voltava ou partia em viagens. Viera sozinho, deixara o Bistrot de Anna aos cuidados do marido, embora Cesar tivesse sugerido fecharem por um par de dias para poder acompanhá-lo.

Edward observava o pai e o irmão, intensamente.

As cartas de Anna para cada um dos filhos já haviam sido entregues. Cada uma tinha, no frontispício, seus prenomes manuscritos com a mesma caneta-tinteiro que fora o primeiro presente conjunto dos filhos à mãe, pago com as economias feitas com suas mesadas mais uma contribuição de Paulo jamais revelada. O nome de Edward vinha sublinhado por algo que lhe pareceu, a princípio, uma corda trançada, mas logo percebeu: eram pequeníssimos corações, preenchidos em azul e amarelo, suas cores favoritas desde criança. No envelope para Joseph, na perna final do agá, Anna desenhara algo que se assemelhava a uma panela redonda, com alça formada por mini corações vermelhos. Joseph dobrara seu envelope em quatro partes, para melhor caber no bolso interno da jaqueta. O de Edward estava dentro da mochila, entre o laptop e um livro que ganhara de Cybele, a amiga nova-iorquina de Paulo e Anna, em cujo apartamento conhecera Barbara, numa manhã dezembro de 2001.

Nenhum dos dois abrira ainda sua carta.

Joseph e Paulo continuavam abraçados.

Ali, na antessala do crematório, nem um nem outro queria soltar-se. Partilhavam da mesma dor, sustentavam-se na força que acreditavam existir no abraço de dois homens que perderam não apenas a pessoa a quem amavam, mas, também, o impalpável amálgama que os sustentava e que dera força e encorajamento a vida toda, para o mais jovem, e fizera renascer para uma nova vida, ao homem mais velho.

Próximo deles, Edward chorava, quieto, sentindo-se impotente para dar força aos dois homens que lhe eram tão caros, suas referências de dignidade e resiliência no mundo. Nem ao pai, em quem agora percebia um homem envelhecido, nem ao irmão caçula, o garotinho a quem tantas vezes protegeu, agora um adulto mais alto e mais forte que ele, porém sentindo-o tão frágil como a primeira vez que Anna e Paulo o colocaram, um bebezinho de poucos dias, choramingando em seu colo, e lhe ensinaram a embalá-lo.

E ele o embalou.

E o pequeno Joseph parou de chorar.

Edward aproximou-se dos dois, enlaçou-os, juntou sua cabeça às deles, choraram juntos.

Depois de um tempo, sussurrou:

— Temos de prosseguir. Temos de dar a ordem para a cremação.

Voltar para casa. Precisarei voltar para casa, depois daqui, depois disso, depois de tudo. Voltar para casa e Anna não estará lá, como me lembro que sempre esteve, desde o pequeno apartamento no prédio habitado por refugiados em Fisksätra. Eu precisarei voltar ao nosso apartamento de três décadas depois, eu, sozinho, sem ela, depois de deixar suas cinzas voarem pelas águas do lago onde gostava de navegar, depois de me despedir de Joseph e Edward lhes garantindo que estou bem, claro que estou bem, eu estava preparado para este momento, havia meses vinha me preparando para este momento, estou preparado para este momento. Para o que será minha vida a partir deste momento.

Abrir a porta do apartamento e encontrar o silêncio.

Desfazer o nosso apartamento.

Os livros, primeiro.

Os livros, as roupas, os sapatos, os...

Os livros, primeiro.

Ela não estará sentada na biblioteca, lendo sob a luz do abajur, não abaixará o livro, não me olhará por cima dos óculos, não me perguntará se me lembrei de passar no mercado e comprar cebolinhas ou alecrim, não comentará que eu não estava agasalhado o bastante, ou tinha roupas quentes demais para o fim de tarde ou meio da manhã daquele dia de primavera ou inverno, não fechará os olhos enquanto eu me inclino e beijo primeiro sua testa, depois levemente seus lábios, depois fortemente seus lábios, enfiando a língua em sua boca com aroma de canela, enquanto pressiono um seio, depois o outro, depois os dois, nem dará um risinho ou um suspiro fingindo me admoestar, *Paulo, você não se emenda, my dear Brazilian boy,* me chamando da mesma forma como em nossa primeira noite, em Estocolmo, enquanto nevava pesado lá fora, e eu cantei para ela uma canção de Nelson Gonçalves.

> *A camisola do dia*
> *Tão transparente e macia*
> *Que dei de presente a ti...*

Começar pelos livros. É uma boa ideia começar pelos livros, todos os livros dela, se eu souber como separar os livros dela dos meus. Os escritos em sueco ou alemão serão fáceis de identificar como seus. Não leio nessas línguas, será fácil. Separá-los será fácil. Colocá-los em caixas, todos em caixas, sem abrir nenhum, para não encontrar alguma lista de compras esquecida entre as páginas ao ser improvisada como marcador, uma foto de viagem fora de foco, um tíquete de metrô de uma cidade que não identificarei, o recibo de uma lavanderia, o ingresso de um concerto de Gérard Depardieu no teatro Zénith de Paris, carimbado com um dia de janeiro de 1986.

Sou um viúvo a partir de hoje. Soa tão estranha essa palavra, primária, infantil como numa aula de alfabetização. Vi-úvo. Ivo-viu-a-uva. Vi-úvo. Viúvo. Terei de me habituar a ela. Assim terei de passar a preencher fichas de identificação de agora em diante: estado civil viúvo.

Não era para ser assim. Homens morrem primeiro, homens morrem mais cedo que as mulheres. Homens vivem menos. Homens não sobrevivem mais de três anos sem suas mulheres. É estatístico, eu li. Viúvos, ao contrário de viúvas, se desinteressam pelo mundo ao redor, sentam-se diante da televisão ou de um computador, definham e morrem. Sou um viúvo agora. Não era para ser assim. Não era para Anna morrer antes de mim.

As roupas. Depois dos livros, as roupas. Vestidos, saias, casacos, blusas, meias, luvas, calças, calcinhas, sutiãs, lenços, botas, sapatos, um par de sandálias compradas nas férias com os meninos em

Atenas. Ela se vestia com simplicidade, e eu tinha a impressão de que usava sempre as mesmas roupas. No entanto, abro as gavetas e os armários e me parecem tantas que preciso jogá-las fora, doar, não posso guardá-las como relíquias, ou fetiches, como objetos de devoção, não posso, mas tampouco tenho como ser objetivo. Ou tenho, basta abrir o guarda-roupa, pegar os cabides, colocar tudo também em caixas, como os livros, ligar para uma instituição, doar, pedir para pegarem as caixas e estará feito, ponto-final. É assim que se faz.

Há um protocolo, imagino, para situações como a minha. Mas não está escrito.

— Gostaria de ter podido me despedir dela — dissera Edward, sem saber em qual língua falava ao pai.

— Sim — Paulo concordara.

Estão sentados na cafeteria do hospital, diante de copos descartáveis de café tomados, dois ou três, uma rosca doce intacta, um sanduíche comido apenas uma dentada. Aguardam a chegada de Joseph. O voo de Barcelona, Edward checou num aplicativo de seu smartphone, está no horário.

— E ela também teria gostado de ouvir o seu adeus — o pai acrescenta, depois de outro longo silêncio. — E o de Joseph. *Meus molecotes*, Anna gostava de chamar vocês, depois que aprendeu a expressão em português. Até pouco tempo atrás ela ainda chamava você e Joseph de *meus molecotes*. Achava o som engraçado.

— Ela ainda podia ouvir?

Outra pergunta que Paulo não sabia responder.

Anna ouvia, no final, quando ele falava, interminavelmente, agora lhe parece, sobre as tardes no apartamento de Fisksätra, ainda sem móveis, onde ensinara ao jovem exilado rústico e desinformado a diferença entre tipos de queijos franceses e o havia introduzido às canções de Jacques Brel?

— Eu queria ter podido contar a ela uma boa notícia.

Paulo aguardou que o filho continuasse.

— Sobre nós. Sobre Barbara e sobre mim. Sobre vocês. Vocês e o futuro. Você e *mami* e nós, Barbara e eu. Vocês dois...

O filho segurou as mãos do pai, do outro lado da mesa, corrigindo-se.

— A *mami* vai... Ela ia... Vai? A *mami* ia ser.... — Edward tinha dificuldade em estabelecer o tempo do verbo da frase, dita em português que, via agora, dominava tão mal em momentos de emoção intensa e indesejada, como aquele. — A *mami* e você... Eu queria ter podido contar a ela... — decidiu completar em inglês, a língua imparcial a que Anna, Paulo, ele e Joseph sempre recorriam em casa, havia muito tempo, quando a vida parecia simples, direta, cheia de propósito e futuro, e nada disso, nenhuma morte, nenhuma separação, tinha acontecido ainda. — Contar à *mami* e a você que vocês, que Barbara e eu, que Barbara, enfim, depois de dois abortos espontâneos, que Barbara está finalmente... Nós estamos...

Um funcionário do hospital se aproximou da mesa, estendeu uma prancheta com papéis impressos e uma caneta na direção de Paulo, avisando, em voz baixa, que o corpo de Anna já estava liberado do morgue, e perguntou se o procedimento seguinte deveria ser o encaminhamento para a cremação ou exéquias e, neste caso, se a própria família providenciaria o transporte ou o hospital deveria seguir o protocolo habitual, bastando, qualquer que fosse a opção, a assinatura na página correspondente na prancheta.

— Barbara está grávida — Edward falou, apertando a mão do pai. — Vamos ter um filho. Você vai ser avô. Vocês — disse, no plural do português, ilogicamente, propositalmente. — Você e *mami* vão ser avós. É uma menina. Vamos lhe dar o nome de Anna. Anna Waltrang Costa-Antunes.

Natal em Estocolmo

Começou a nevar. Outra vez. Teremos um Natal branco, ela pensa, sempre temos Natais brancos, olhando os flocos, leves como poeira branca, dançando diante da janela onde se postou, sem perceber que o fazia, segurando em uma das mãos uma saia xadrez vermelha-azul-verde, na outra, duas blusas, uma de lã azulada, a outra branca.

Normalmente poria o suéter preto de gola alta de sempre, alternado vez por outra por um no mesmo estilo, de cor cinza, conforme eram lavados, mais um casaco e uma saia escuros ou uma calça jeans, dependendo de onde tivesse de atuar, botas marrons forradas de lã, embora não estivesse tão frio ainda, apenas para não ter de se ocupar em escolher o que vestiria e calçaria. Não dava importância ao que usava, frívola perda de tempo, passara a ter certeza, mesmo antes de se envolver com refugiados, a partir de seu trabalho com direitos humanos na temporada passada na França, antes e durante as revoltas de maio de 68 e a relação com Mathieu, quando era apenas uma jovem advogada sueca recém-formada, apaixonada por um arquiteto francês, discípulo de Le Corbusier, especialista em pré-fabricados para habitações populares e, contraditoriamente, como tudo em Mathieu

Molinari, hotéis de luxo em localidades exóticas na Oceania e desertas praias africanas.

Outros tempos.

Quando se vestia para agradar Mathieu.

Não mais.

Nem Mathieu, nem nenhum outro homem em caráter permanente. Ou mesmo em caráter estável. Ou mesmo por mais de uma vez.

Não mais.

Enfeitar-se é enviar sinais de acasalamento e viver com alguém deixou de fazer parte de seus planos.

Depois de Mathieu, todos com quem se relacionou, ou tentou se relacionar, se mostraram corriqueiros, repetitivos, previsíveis, domesticados, como a maioria do mundo é. Tem sido bom e sereno estar apenas consigo mesma, em seu confortável pequeno apartamento, rodeada unicamente do essencial, sem outras vozes, se não a de músicos com quem se sente acolhida e compreendida: Nina Simone, Brel, Barbara, Chet Baker e outros poucos. Ter filhos agora, depois dos trinta, perdeu o sentido. Quase foi mãe solteira. Em Paris. Com Mathieu. Era jovem, então. Outros tempos, então. Outros tempos, repete para si mesma.

Não mais.

Saia e casaco escuros, suéter de cor neutra, botas confortáveis, eis o figurino definidor de sua mente franca e dedicada à causa que abraçou. Bastam. Bastariam.

Mas não naquele dia.

Queria vestir-se festivamente.

Precisava vestir-se festivamente.

Precisa causar uma impressão de ser portadora do espírito festivo natalino típico dos suecos.

Que não sentia absolutamente.

Mas era necessário.

Era seu dever demonstrar o espírito festivo natalino típico dos suecos para quem não tivera o privilégio, como ela, de nascer e crescer num país onde havia paz, democracia, respeito aos direitos humanos, educação, saúde, alimento, abrigo. Era uma privilegiada num mundo de iniquidades e sentia-se no dever de partilhar o que recebera sem sacrifício. Talvez sentisse prazer também. Mas não tinha certeza. Por honestidade íntima, reconhecia unicamente o sentido de dever. Era assim, seu jeito.

Aceitara a incumbência de ser uma das *hostesses* da festa de Natal daquela tarde no salão da Anistia Internacional, onde advogava desde a volta da França.

Não gostava de Natal, mormente depois de seu afastamento da família conservadora e do rompimento com o pai ao descobrir que durante a guerra Jakob Waltrang militara no *Nationalsocialistiska Arbetarepartiet*, a versão sueca do partido nazista alemão, e no pós--guerra continuava contribuindo para o neonazista *Nysvenska Rörelsen*, o "Novo Movimento Sueco".

Incomodavam-na sobremaneira a alegria natalina mandatória e os sorrisos forçados, tampouco sentia-se uma boa cristã, como seu pai e sua mãe, frequentadores dos serviços religiosos dominicais, contribuintes das quermesses de sua cidade natal, ou visitadores de paroquianos acamados. Embora admitisse ser uma outra versão desse cristão que dá amor ao próximo, sem a hipocrisia nem a compensação de acolhimento *post-mortem* no paraíso divino prometido pela religião, graças às suas funções na filial da Anistia Internacional de Estocolmo.

Nos últimos anos, com os seguidos golpes militares na América do Sul e as perseguições a opositores dos generais argentinos, uruguaios, chilenos, peruanos, bolivianos e brasileiros, o número de expatriados chegados à Suécia crescera exponencialmente. Havia nestes latino-americanos uma mistura de espanto e melancolia como ainda não havia encontrado lidando com refugiados do Vietnã, Camboja, Iraque, Angola, Moçambique ou Biafra. Ou os espanhóis, argelinos, etíopes, tunisinos e palestinos que defendera na França. Não havia, naqueles, tanta consternação e perplexidade como testemunhava entre os recém-chegados latino-americanos. Houvera até mesmo uma tentativa de suicídio de um deles. No abrigo de Alvesta, ela soubera. Um estudante de sociologia. Ou pedagogia. Um jovem. Vítima de tortura no Brasil, foi o que lhe contaram.

A neve estava engrossando.

As botas forradas de lã, com certeza, eram o que devia usar.

Mas os sapatos vermelhos de bico quadrado, comprados na Rue Dauphine por sugestão de Mathieu — Mathieu e seu permanente e irritante bom gosto —, eram tão mais alegres do que as botinas cor de charuto velho. Os sapatos eram uma má e ilógica escolha, afundariam na neve e molhariam seus pés. Podia usar meias grossas com eles, entretanto. Sapatos vermelhos, meias de lã cor de baunilha, saia xadrez vermelha-azul-verde, blusa de lã azul, casaco verde-garrafa. Bonito, possivelmente, o conjunto não ficaria. Mas alegre, sim. Como era necessário. Mesmo com neve.

Naturalmente, com neve.

É Natal.

E ela não se lembrava de Natais sem neve, nem um ao menos, em todos os 31 Natais vividos em Estocolmo.

Errado, corrigiu-se: não foram tantos Natais quanto seus anos de vida.

Dos Natais da infância não se lembrava antes dos quatro anos, quando a guerra tinha acabado e, ainda e apesar do racionamento, comeu pela primeira vez um bolo macio e molhado com rum, recheado de frutas cristalizadas. Nevava. Como nevou em todos os outros Natais de sua infância, adolescência e o que passou já noiva do bom rapaz de quem fugiu, sem dar explicações, viajando para a França, onde se sustentou trabalhando como babá, tradutora de documentos e faxineira.

Um Natal sem neve ela passou em Paris, já morando no apartamento de Mathieu. Não caiu um floco sequer. No anterior, tinha ido com amigos estudantes da Universidade de Nanterre para alguma parte da Haute-Savoie. E houve aquele Natal num vilarejo de praia à beira do Atlântico, quando fugiram de Paris — ela fugiu, sem Mathieu, para uma praia de Portugal, porque lhe disseram, alguém lhe disse, que não fazia frio no inverno em Portugal. Então foi para lá que decidiu fugir, triste e perdida, depois que Mathieu sumiu e parou de dar notícias, e ela recebeu o diagnóstico: estava mesmo grávida.

Grávida. E Mathieu desaparecido, dedicado a algum projeto de hotel-resort em alguma praia de algum país africano. Sem dar notícias. O que ia fazer?

Era Natal, então.

Um longínquo Natal.

Ela estava grávida, era Natal, estava em alguma praia perto de Lisboa, e Mathieu a abandonara. E era mentira que não fazia frio no inverno em Portugal. Outra mentira. Tantas mentiras.

No dia seguinte, embarcara num voo para Estocolmo, onde se internou numa clínica e interrompeu a gravidez. Eram dois meninos, ficou sabendo. Teriam sido dois meninos. Ela, que tanto queria filhos.

Não mais.

Dois meninos.

Que nomes lhes teria dado?

Não faz diferença.

Ficou para trás.

Não mais.

Nunca mais, ela disse para si mesma.

Hoje é Natal de novo.

Está diante da entrada do escritório da Anistia Internacional no centro de Estocolmo. Ouve vozes vindo lá de dentro. Frases e palavras indistintas, ditas em muitas línguas, brindes, uma risada. Um colega passa por ela levando uma garrafa de vinho numa das mãos, uma sacola com provavelmente pães, queijos e frios na outra. Sorri para ela, cumprimenta-a, pergunta se não vai entrar.

— Já entrarei — responde Anna Waltrang. — Vou primeiro fumar um cigarro.

As roupas que veste a fazem sentir-se um tanto como uma atriz aguardando a deixa para cumprir seu papel em uma peça. Usa o figurino festivo esperado para a festa de Natal destinada a alegrar os expatriados sem celebrações familiares onde poderiam extravasar o que quer que fosse que lhes atravessasse as lembranças e anseios. Este é o Dia da Fraternidade Universal, esta será a noite da paz universal, e ninguém deve ser deixado a afogar-se em memórias de pais, filhos e mães distantes, amigos desaparecidos, sonhos e esperanças desmoronados.

É Natal, ela tenta pensar com entusiasmo, apagando o cigarro na ponta do sapato vermelho, colocando uma bala de menta na boca.

Entra.

A festa está em movimento. O vinho e a vodca vão fazendo seu caridoso trabalho de anulação e apagamento de tudo que não deve ser lembrado. Esta é uma tarde de celebração, todos devemos nos divertir e não pensar no passado, nem no presente, nem no que o futuro não reserva para os escorraçados de suas pátrias.

Anna pega uma taça de vinho, mas não bebe. Não quer beber. Não quer abandonar-se à alegria arquitetada para vendar o sofrimento de cada um ali. Não se rejubilar artificialmente é sua maneira de partilhar com cada expatriado a agonia velada que os aflige.

Alguém trouxe um toca-discos portátil, alguém mais coloca um disco, logo se ouve a voz inconfundível de um dos poucos cantores americanos que ela aprecia.

"Ahh, the first, my last, my everything... And the answer to all my dreams...", cantava Barry White. Várias pessoas começam a dançar.

Anna afasta-se do centro do salão, encosta-se numa pilastra de mármore do edifício do início do século xx, coberta de papéis, avisos, ofertas de cursos, busca de emprego ou alojamento colados de todos os lados.

Alguns pares se formam, há quem demonstre elegância e habilidade nos movimentos. Poucos, porém. Faz tempo que ela própria não dança. Naquele momento não tem vontade, tampouco. Do que tinha vontade, se pergunta. O que quer, naquele momento? O que espera, naquele momento?

Não sabe.

Não tem como se responder.

Sabe, apenas, que aquilo não é.

Não é a festa, não é a música, não são o vinho ou a aquavit, nem as risadas, nem o júbilo montado como tapumes a esconder uma estrutura a desmoronar. Ou a ser construída?

À sua frente, do outro lado do salão, percebe um homem jovem, vestindo roupas largas demais para seu corpo magro, seguramente doadas, como as de quase todos os exilados de países tropicais chegados à Escandinávia, quieto e desatento ao turbilhão de risadas e conversas à sua volta. A camisa branca, de gola amarfanhada, contrasta com a pele negra. Tem as faces encovadas, os olhos fundos. Estão fixados nela.

Anna o vê.

Estão separados por dançarinos, gargalhadas, vozerio, música alta, decoração natalina.

Tapumes.

Num impulso, sem saber por que o faz, ilogicamente pensando no gosto do bolo do Natal pós-guerra embebido de rum e recheado de frutas cristalizadas, Anna atravessa o amplo salão, alheia aos dançarinos e ao som do vozeirão de Barry White, e se aproxima do rapaz.

É bem mais jovem que ela, percebe ao vê-lo mais de perto, e já vai dar meia-volta quando ouve sua voz, rouca e baixa, falando-lhe, como alguém que involuntariamente pede ajuda. Sem perceber.

— Sou brasileiro. Qual é o seu nome? — o rapaz lhe pergunta, em sueco com forte sotaque.

Surpreende-a ouvi-lo falar em sueco. Poucos recém-chegados conseguem falar sua língua.

— *Jag är Anna Waltrang* — informa-lhe, continuando em sueco. — Eu me chamo Anna Waltrang, e esta é a primeira vez que o vejo por aqui.

Alguém mais inábil esbarra nela, dançando, parte do líquido de sua taça derrama no piso, Anna busca onde deixá-la, acaba por abandoná-la sobre um fichário alto de metal.

— Você é brasileiro? — pergunta, em sueco, tentando retomar a conversa. — Chegaram duas dezenas de brasileiros recentemente. Mas foram equivocadamente enviados para o campo de refugiados de Alvesta. — Ela tem a impressão, incerta e rápida, de que a palavra Alvesta provoca alguma reação nele. — Acreditaram que eram lavradores. Você esteve em Alvesta? Qual é sua profissão? Já conseguiu trabalho aqui? Como você se chama?

Não há resposta. O rapaz apenas a observa, visivelmente encantado, calado. Abre os braços, virando as mãos para cima, inclinando o rosto, tentando mostrar que não entendia o que lhe era dito.

— *Talar du inte svenska?* — "Não fala sueco?", Anna perguntou. — *English? French? Deutsche?*

— Não sei falar sueco — Paulo responde, em português. — *Not speak svenska* — tenta, desajeitado. — *I not speak Swedish*. Só sei falar o que eu lhe falei. Que sou brasileiro e perguntar o nome.

— *Ja* — Anna acena com a cabeça, afirmativamente. — *Ja, det förstår jag, I understand* — "Sim, eu entendi isso", ela confirma, rindo.

Ele ri, também.

Há tanta dor e dor e doçura por trás de seu sorriso, Anna percebe.

Estende-lhe a mão, num inequívoco convite para dançar.

O rapaz brasileiro quase hesita, mas não. Dá um passo à frente, toma a mão dela e avisa, em sua própria língua:

— Não sei dançar.

A sueca Anna Waltrang aperta a mão dele, puxa-o.

Em seguida, atravessa de volta o salão levando Paulo Roberto Antunes pela mão.

Dirigem-se para a porta. Saem.

Neva.

Como sempre neva, nos Natais, em Estocolmo.

E Paulo a segue, como fará pelo resto da vida.

ESTE LIVRO, COMPOSTO NA FONTE FAIRFIELD,
FOI IMPRESSO EM PAPEL PÓLEN NATURAL 70G/M² NA CORPRINT,
SÃO PAULO, BRASIL, OUTUBRO DE 2022.